李雪松 编

龔定庵自寫詩卷

啓超題

文物出版社

裝幀設計：劉天易
責任編輯：崔志剛
校　　對：張京文

圖書在版編目（CIP）數據

龔定庵自寫詩卷/李雪松編.—北京：文物出版社，2008.4
ISBN 978-7-5010-1661-7

Ⅰ.龔... Ⅱ.李... Ⅲ.①古典詩歌—作品集—中國—清後期 Ⅳ.I222.752

中國版本圖書館CIP數據核字（2004）第092288號

龔定庵自寫詩卷
李雪松　編
*
文 物 出 版 社 出 版 發 行
北京東直門内北小街2號樓
http://www.wenwu.com
E-mail:web@wenwu.com
北京文博利奥印刷有限公司制版
北京盛天行健印刷有限公司印刷
新　華　書　店　經　銷
750×889　1/16　印張：4.5
2008年4月第1版　2008年4月第1次印刷
ISBN 978-7-5010-1661-7　定價:55.00圓

龔定庵自寫詩卷
印昆屬啓超題
121

己亥九秋重過袁浦寓今八日
渡河去袁浦十日大抵醉夢
時多醒時少也賦詩如千首
統名之曰寱詞
豆蔻芳溫啟瓠犀傷心前度語
重題牡丹絕色三春煖豈是梅
花處士妻
對人才調若飛仙詞令聰華
四座傳撐住南東金粉氣未
須料理五湖船 十二章謝之也
鶴背天風墮片言能蘇萬古落
花魂征衫不漬尋常淚此是
平生未報恩
小語精微瀝耳圓況聆珠玉瀉
如泉一番心上溫麐過明鏡
明朝定少年
月須讀罷始書龍絳孅眛古
收一尊婢妹偶花催送客
尚帖羅帶小闌門
十時挽手壓摩齋次第花
稍到今雖分江湖悽落小
辟紅燭識冬心 是夕辛酉
蠻雅霜窗庭榴紅似相思綠似
愁今夕靄飛何由子上清齋妝
記心頭
風雲材略已消磨甘隸妝臺伺眼
波為恐劉郎英氣盡卷簾梳洗
看黃河
玉樹堅牢不病身恥為嬌喘與輕
顰天花那用鈴旛護活色生
香五百春
君痕莫絕語謂、栖鵲小婢事

飛去一征鴻
青鳥銜來雙鯉魚自緘紅淚
請回車六朝文體閒徵遍
那有蕭娘謝罪書
靈笑何妨自一回無逢玉女謗
我來東王萬八千魏秦為
那段虛之前村
東一天煩恨海今朝琴安穩時
雲英仙山處閣尋常事也
幸甘遜十劫生
美人捭闔計仍成佩德荷六
可憑綰就同心堅俟汝羽琌
山下是南陵
身世閒商酒半醺美人胸有
北山文才支百萬愁二日搖羅
遙娟將相勳
金釭花燼月如煙空損秋閨一
夜眠報道妝成來送我避卿先
上木蘭船 羅園上千地
未濟終焉心飄渺百事翻從闕陷
好今朝冷夕陽山外山古今誰免餘
情繞 渔浦道中題壁一首
非求縹渺反幽深悔殺前番拂袖
心雜學憂鴻不回首長天飛過
又遺音 渔浦道中奉寄一首
明知此浦定重過其奈尊前百感
何亦是今生未曾有滿襟清淚
渡黃河 君思驛自奉寄一首
能業名山幸早成更憂方法遣今生
從茲禮佛燒香罷整頓全神
注定卿
少年雖亦薄湯武不薄秦皇與武皇
設想英雄垂暮日溫柔不住住
何鄉 此河集又題壁兩首

定盦寱詞作於己亥此卷書於庚子五期
月君乃期年之後庚子為道光二十年定盦
四十九歲案逝世之前一年也吳昌綬撰定盦
年譜云是年八月至蘇州旋之金陵游秦淮
復轉廣陵北之松庵深山幽絕人跡罕至此
卷當是廣陵松庵時所書也定盦舉進士年
三十八其後殿上三試三不及格不得入翰林
皆因不得能楷書故嘗云余不好學書不得志
於今之宦海蹉跎一生退而自訟作干祿新
書定盦卓犖英多睥睨一世豈真以之干
祿哉特藉此以寄悲慨耳今觀定盦書實不能
與俗所謂館閣體者比而亦由其才秉橫厲
雖拘繩墨然楚調自歌不謬金雅亦自
有高致往公為此卷題記時年四十五今下
世三十五年矣往公之生上距定盦歿三十
有一年兩人者並以學術文章震撼當世
為後生所景慕 穀孫道兄網羅文獻
乃得此卷信可寶也
乙巳歲暮靜農時在臺灣

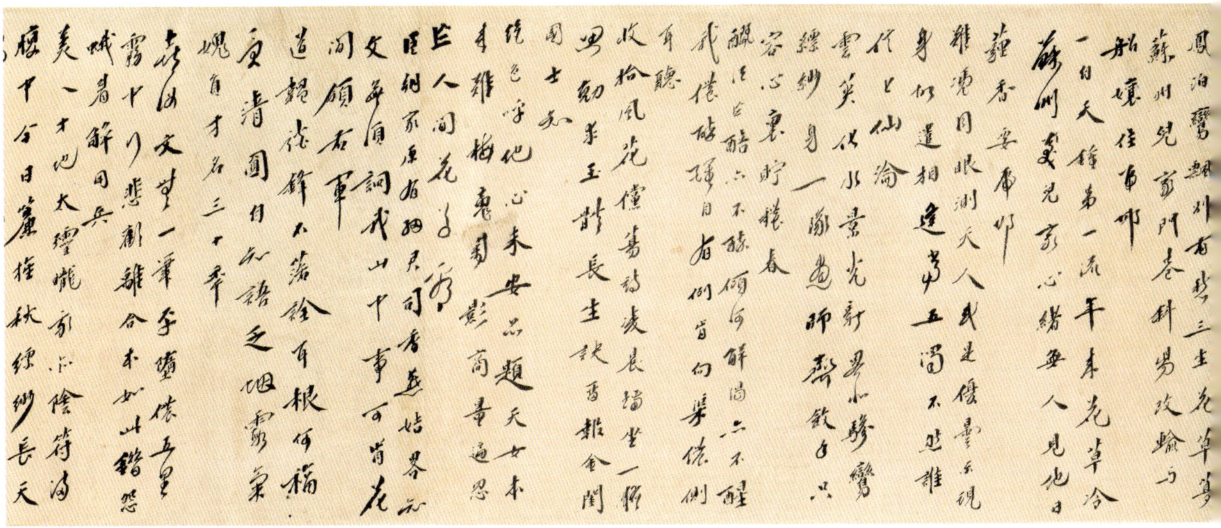

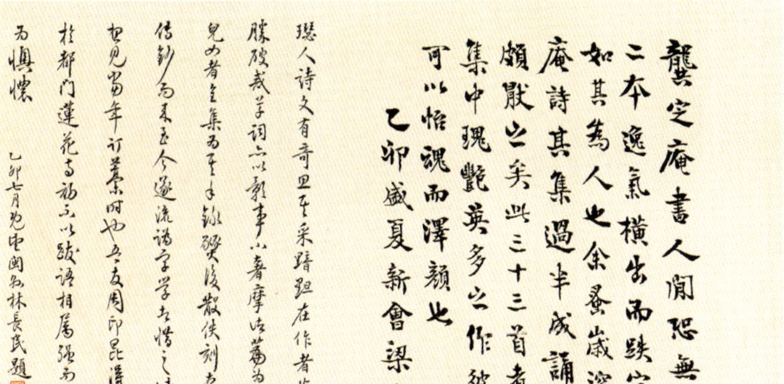

鳳泖聾飄別有懷三生死率意一日天絳第一派午本老卓令蘇州愛兒家心緒無人見他日蘇州愛兒前門巷科易改輪為船頓往舟邨

鍾香妾舍雨卯身份遙相逄多如五漏不堪雅作上仙冷雲英以小膏光新異小懿驚鷺經紗身一鄉遇師群欲子心容心束暗樓春何首句與依側醒汨六不醒何白解過六不解戎偍玻璃目有丙

有聽收拾風花傍蒋詩麦長緝坐一侗瑪勸羊玉醉長生乹筌掃金間因士天界天安品題天女本統色呼他心未安品題天女本雅梅慧司影商章通恩

臣人間花子皆旦何其底有枫祗司香無姑界乾文昇詞戎山中事可貫花道韶緣鋒八落餘有根年稻洞頋右軍

夏清圓月和語之呢需亲槐角十名三十半春卧一筆季墮懷五里雲中悲劃雜合木如此錯怨蛾肖辭同尖美一十地太璧艶前不陰符酒瘂十分日簾挂秋綠紗長天

龔定庵書人間恩無渡篆
二本逸氣橫岀而跌宕不羈
如其爲人也余景歲浚意定
庵詩其集過半成誦輒近
頗獻之美與三十三首者自是
集中瑰艷英多必作彼所謂
可以怡魂而澤顏也
乙卯盛夏新會梁啓超

瑛人詩文有奇氣且乘踔趨在作者爲之裁雜詩
縢陂戎羊詞心郭事小奢歲浚意之佳肴美善言
兄如著立集爲至子姚智陵散侯剥辛乃院張結
伍紗爲秉臣今遙流語字學去怡之此春月雪進化
聖兒當年訂業附物心亥友周印昆滯之湘中余戎
桂都門蓮花書初立此致語相屬強海没丁書兇竹
爲愼懷
乙卯七月瓜中閩名林長民題

清密臻自珍客生是我國十九世紀萃半葉閒

北定庵書大絕西敏閣長扇自偶
黃道光二十六年七月游訣陵長扇自偶
舊物与室蜀租赴唐之壞閒之長
事事自清一代名士不絕其尾完究
而善束名肩一碟以西賡浚終身行之端
代表畫周曲庵讀言必厭士重推看室畫
如書益佳屯室先董延雜發篇斷間讀集
悽絶真錯看立絀等奇以此遙編集
恩恭書雅弘體品為獨空見之行州山劉迓此通扁
當蹟有字程行閑真為大善筆之美文非所心惜
當熟畫異丑蓮迤引袖書而可閒日而陸看
颯北閒體貫慶之看之真懷友之雲動美室子斝積
住以晉庵春本絕西徼昌長偶書
挑北善此審未主積辨書畫之重唐昌
李雲秋玉玉本精斫會石畫程為世歲室士重蜀昌
南室晨此囿天地固西政杭也甲申秋日王贊竹
拜觀於隨邸茫廣州曰辰寅

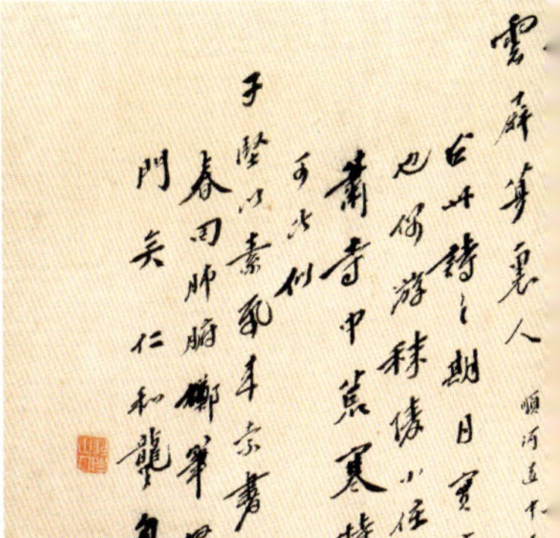

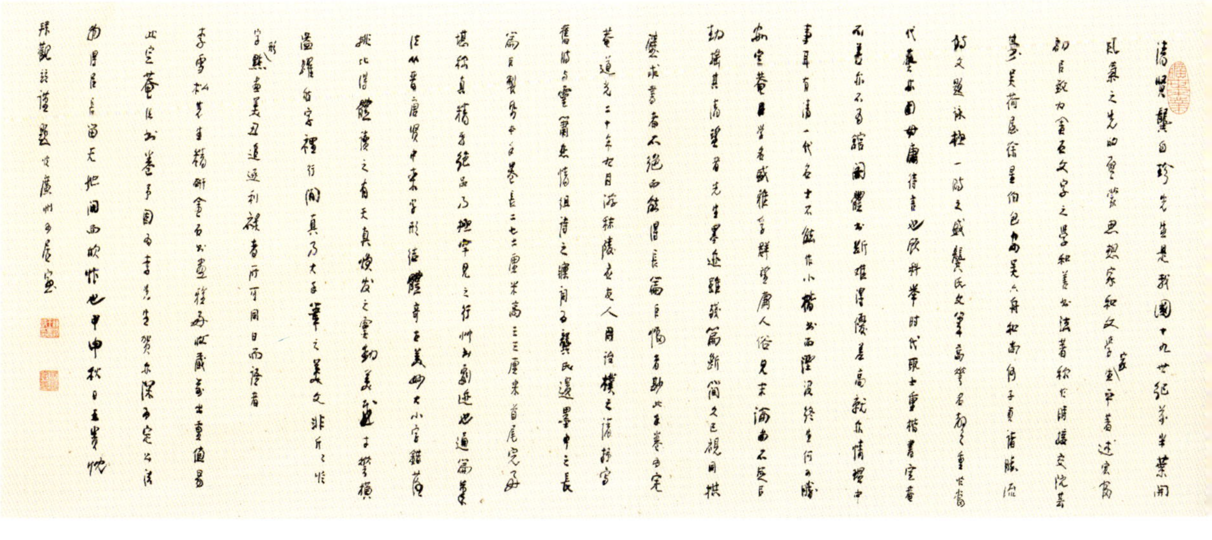

目録

龔定庵自寫詩卷

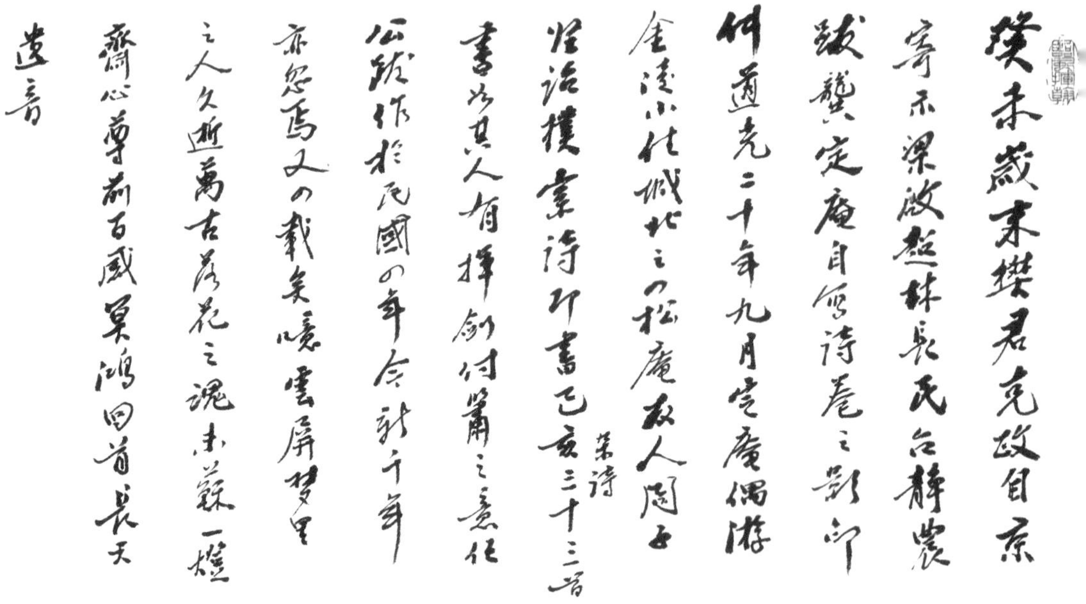

王元化先生
爲龔定庵自
寫詩卷重印
出版題詞

◎題詞釋文

癸未歲末，樊君克政自京寄示梁啓超、林長民、臺静農跋龔定庵自寫詩卷之影印件。道光二十年九月，定庵偶游金陵，小住城北之四松庵。友人周子堅詒樸索詩，即書《己亥雜詩》三十三首，書如其人，有揮劍付簫之意。任公跋作於民國四年，今新千年亦忽焉又四載矣。噫！雲屏夢裏之人久逝，萬古落花之魂未蘇。一燈齋心，尊前百感；冥鴻回首，長天遺音。

甲申春月初九，清園叟題於滬上。

前言

——樊克政

龔自珍是我國清代的著名思想家、學者、文學家和詩人。他又名鞏祚，字璱人，號定庵，浙江仁和（今杭州）人。乾隆五十七年（一七九二）七月初五日出生於杭州東城馬坡巷的一個官宦家庭。嘉慶二十三年（一八一八）中舉人。嘉慶二十五年（一八二〇）捐職內閣中書。道光九年（一八二九）中進士後，被命以知縣用，經呈請，仍官內閣中書。後曾任宗人府主事、禮部主事。道光十九年（一八三九）告假離京。道光二十一年（一八四一）春，就任江蘇丹陽雲陽書院講席。同年八月十二日，因病暴卒於丹陽。他一生的絕大部分光陰都是在嘉慶、道光年間，亦即中國社會從古代向近代轉折的歷史時期裏渡過的。在這一時期，他以其對封建社會黑暗與沒落的大膽揭露，對封建官僚集團的腐敗與清朝專制統治的尖銳抨擊，以及『更法』、『改圖』的改革呼籲，奏響了中國近代維新思潮的序曲，在中國近代思潮演變史上起了重要的先導作用。後來的資產階級維新派代表人物康有爲（一八五八——一九二七）、梁啓超（一八七三——一九二九）、譚嗣同（一八六五——一八九八）等，都受到過他的思想啓迪。與此同時，他的文學作品也在中國近代文學史上產生了廣泛而深遠的影響。不論是康有爲等人，還是資產階級革命派中柳亞子（一八八七——一九五八）、高旭（一八七七——一九二五）等南社詩人，在詩文創作，特別是詩歌方面，都不同程度地從他的作品中汲取過營養。就連中國現代文學的奠基人魯迅（一八八一——一九三六），也曾『少時喜學定庵詩』【1】，受到過他的文學作品的薰染。

《龔定庵自寫詩卷》，紙本，本幅縱三十三厘米，橫二七二厘米，拖尾有梁啓超、林長民（一八七六——一九二五）分別寫於民國四年（一九一五）的跋與臺靜農（一九〇三——一九九〇）寫於一九六五年的跋。此卷是龔自珍於道光二十年（一八四〇）九月偶游江寧（今南京）時，應友人周詒樸所請而親筆書寫的，所書內容爲其大型組詩《己亥雜詩》中的三十三首。

在龔自珍一生的文學創作中，由他本人自刻於道光二十年夏的《己亥雜詩》佔有重要的地位。『己亥』即道光十九年。這年四月二十三日，他脱身宦海，踏上了返回故里的途程。旋又於九月間北上迎接眷屬，同年十二月，將眷屬安頓於江蘇崑山。《己亥雜詩》就是他這一年南北往返的過程中，陸續所寫的三百十五首絶句的總稱。其中，既有對旅途見聞的描寫，也有對生平經歷的回顧，既有對時政的抨擊與愛國主義情懷的抒發，也有對友情、戀情等個人感情生活的回憶與記述，堪稱全面反映他生平、思想與感情經歷的自傳式作品。

除《己亥雜詩》外，龔自珍還寫了大量文學作品與學術著作，但僅有少數著作得以刊行，大部分都已散佚（建國後出版的《龔自珍全集》，雖網羅了前人的輯佚成果，但仍遠未完備）。他的手迹存世的也很少。其寫給友人的詩作手迹，除《龔定庵自寫詩卷》外，迄今祇發現兩件：一是見於張元濟所輯《昭代名人尺牘續集》的《與徐廉峰書》中的四首詩作【2】，一是見於《中國古代書畫圖目》的爲何紹基（一七九九——一八七三）所書《己亥雜詩》二首詩軸【3】，而且前者早已下落不明。所以，這件《龔定庵自寫詩卷》無疑是十分珍貴的。

在龔自珍所生活的時代，由於科舉考試偏重書法，『捨文而論書』【4】的影響，流行形體方正、大小一律、整齊刻板的館閣體書法。而龔自珍的這件手卷則結字左低右高，筆勢清勁恣肆，大小參差錯落，滿紙奇氣横溢，呈現出與館閣體迥然不同的獨特風貌。這絶非偶然。

作爲一位關注國計民生的思想家，龔自珍從主張經世致用的觀點出發，一向對館閣體十分反感。他曾説：『當世館閣之書，惟整齊是議，則臨帖最妙。夫明窗净几，筆硯精良，專以臨帖爲事，天下之閒人也。吾難得此暇日。』【5】而也正是由於他不肯把時間虛擲在『專以臨帖爲事』，以掌握館閣體書法的方面，他在仕途上歷盡坎坷，不僅遲至三十八歲才考取進士，而且在中進士後，『殿上三試，三不及格，不入翰林，考軍機處不入直，考差未嘗乘軺車』【6】。爲此，他在道光十四年專門撰寫了一部《干禄新書》，對清廷以『楷法』是否符合館閣體要求爲取士選官的主要標準，表達了强烈不滿。

從這種對館閣體十分反感的心態出發，龔自珍很自然地成爲當時新興書法潮流的有力支持者。嘉、道年間，書壇帖學由盛轉衰，碑學日興。龔自珍與這一時期碑學的三位主要代表人物——阮元（一七六四——一八四九）、包世臣（一七七五——一八五五）、何紹基，都曾有過密切的交往。同時，他與被後人盛推爲『開有清一代碑學之宗』【7】的鄧石如（一七四三——一八〇五）之子——鄧傳密（一七九五——一八七〇），也友情甚篤，而鄧傳密則『作印、作書俱能秉父風』【8】。在振興碑學的問題上，龔自珍與他們觀點相近，意氣相投。他不僅特別留心於搜集魏晉南北朝的碑刻拓本，自述：『吾不以藏漢碑名其家，……漢以後隋以前最精博矣。自榘印曰「漢後隋前有此家」，志所樂也，與所學也。』【9】而且還公開聲言：『子昂墨猪素所鄙，玄宰佻達如蜻蜓。』【10】對因康熙、乾隆的偏愛而成爲館閣體書法範本的趙孟頫（字子昂）、董其昌（字玄宰）二人的書體，明確表示鄙視。顯而易見，正是由於他喜愛並熱衷於學習魏晉南北朝碑刻書法，鄙視趙、董的書體，其《自寫詩卷》中呈現出與館閣體書法迥然不同的風貌，自然也就毫不奇怪了。

還應指出，龔自珍是一位不僅思想深刻，而且學問淹雅的大家。除文學外，還博通經學、史學、地理學、金石學、文字學、文獻學等諸多學術領域，在碑帖鑒賞方面也是一位行家裏手。他曾將並世書家分爲『通人之書』、『書家之書』與『館閣之書』三等，並稱贊『通人之書』道：『文章學問之光、書卷之味，鬱鬱乎胸中，發於紙上。一生不作書則已，某日始作書，某日即當賢於古今書家者也，其上也。』【11】事實上，他的《自寫詩卷》正是這樣一種『通人之書』。其所蘊含的『文章學問之光』、『書卷之味』，無疑是那種千人一面、毫無個性的館閣體書法所没有也不可能具備的。這尤其決定了兩者風貌的迥然不同。

此件《自寫詩卷》除了作爲罕見的龔自珍詩作手迹與『通人之書』而值得珍視外，還應提到一點：以此卷與《己亥雜詩》自刻本對讀，可以看出龔自珍對後者作了一些文字上的修訂【12】。因此，此件《自寫詩卷》作爲《己亥雜詩》部分詩作的手迹本，在龔自珍著作的版本史上也具有一定的價值。

關於請龔自珍書此詩卷的周詒樸，其事迹，光緒《湖南通志》中有載。他字子堅，湖南湘潭人，係道光間任職兩江總督的陶澍（一七七九——一八三九）之婿。其父周系英（一七六五——一八二五）歷官翰林院編修、內閣學士、户部左侍郎等。他曾官江蘇海州鹽場大使，工書能詩，與龔自珍的友人魏源（一七九四——一八五七）、包世臣、何紹基等均相友善。著有《寄東居士集》。何紹基在《書鄧完伯先生印册後爲守之作》一文中曾說：『張翰翁、包慎翁、龔定庵、魏默深、周子堅，每爲余言完翁摹古用功之深，余往往笑應之。我自心領神交，不待旁人告語也。』【13】可知周詒樸同包、龔、魏、何等人一樣，也對『隸、楷專法六朝之碑』【14】的清代碑學開山鄧石如（號完伯）傾慕不已。從這裏可以看出，他也是當時新興碑學的一個擁護者。

又據林長民、臺静農的跋與關冕鈞《三秋閣書畫録》中有關此卷的著録【15】可知，此卷曾先後爲周大烈（一八六二——一九三四）、關冕鈞（一八六八——一九三三）、蔣祖詒（？——一九七四）收藏。周大烈，字印昆，湖南湘潭人。其祖父周汝光，是左宗棠（一八一二——一八八五）的妻弟。他早年師事陳澧（一八一〇——一八八二）再傳弟子胡元儀，後留學日本，習法政。入民國，任衆議院議員，又曾任湖南衡陽道道尹。著有《夕紅樓詩集》、《夕紅樓詩續集》。關冕鈞，字耀芹，號伯衡，廣西蒼梧（今梧州）人，光緒二十年（一八九四）進士。官翰林院編修、郵傳部候補參議。辛亥革命時期，任南北和議代表。後任約法會議議員、參政院參政，晉北榷運局長等。晚居北京。精於鑒賞古器物書畫，頗富收藏。蔣祖詒，字穀孫，浙江吴興人，著名藏書家蔣汝藻（一八七七——一九五四）之子。他本人『亦好積書，兼善鑒别』【16】，輯有《思適齋集外書跋輯存》。上世紀四十年代赴臺，曾任臺灣大學教授，他去世後，此卷輾轉流入大陸，爲北京李雪松先生收藏。

需要説明的是，一九三一年，中華書局曾將此卷與另兩種龔自珍手迹，即龔自珍道光十八年（一八三八）爲何紹基所書舊作文稿册一種與其道光五年（一八二五）所書《南鄉子》（『相見便情長』）詞一首，合編爲《龔定庵詩文真迹三種》影印出版。鑒於該書久已絶版，且該書中所影印的另兩種龔自珍手迹均已不知去向，李雪松先生慨然將此卷交由文物出版社重新影印出版。這種嘉惠學林之舉，是值得提倡的（又，王元化先生應我之請，於百忙中撥冗爲此卷重新影印出版題詞，謹誌謝忱）。

二〇〇四年三月於北京
二〇〇七年秋修訂

註：

【1】沈尹默：《追懷魯迅先生六絶句》之一，引自孫文光、王世芸編《龔自珍研究資料集》，黄山書社一九八四年版，第三一〇頁。

【2】載張元濟輯：《昭代名人尺牘續集》（宣統三年影印本）卷九。

【3】載中國古代書畫鑒定組編：《中國古代書畫圖目》第一册，文物出版社一九九四年版，京一-一四六。該詩軸所書《寱詞》二首即《己亥雜詩》第二四八首——《小語精微瀝耳圓》與第二五二首——《風雲材略已消磨》，亦即《龔定庵自寫詩卷》中的第四首與第八首。

【4】康有爲：《廣藝舟雙楫》卷六《干禄》，見《康有爲全集》第一集，上海古籍出版社一九八七年版，第五〇七頁。

【5】《龔自珍全集》，中華書局上海編輯所一九五九年版，下册，第四三七頁，《語録》。

【6】同上書，上册，第二三七-二三八頁，《干禄新書自序》。『考差未嘗乘軺車』，指未能考充出任主持鄉試的主考官。

【7】向燊語，轉引自馬宗霍《書林藻鑒》（文物出版社一九八四年版）卷十二。

【8】何紹基：《東洲草堂文鈔》（光緒間刻本）卷十一《跋鄧木齋先生書册爲守之作》。

【9】《龔自珍全集》，下册，第四三七頁，《語録》。

【10】同上書，下册，第五〇一頁，《題鷺津上人書册》。

【11】同上書，下册，第四三六頁，《語録》。

【12】這些修訂是：第二五二首（《風雲材略已消磨》）中，『望黄河』之『望』改爲『看』；第二五三首（《玉樹堅牢不病身》）中，『豈用』之『豈』改爲『那』；第二五七首（《難憑肉眼測天人》）中，『恐是』之『恐』改爲『或』；第二六三首（《道韞談鋒不落詮》）中，『枉負』之『枉』改爲『愧』；第二七四首（《明知此浦定重過》）詩尾自注中，『衆與道中』之『道中』改爲『驛』；第二七六首（《少年雖亦薄湯武》）詩尾補一自注——『順河集又題壁兩首』（『兩首』指此首及其前的第二七五首——《絶業名山幸早

成》）；第二七八首（《閱歷天花悟後身》）詩尾自注中，衹保留『順河道中再奉寄一首』，餘均刪，另於該詩後補寫附記一則——『作此詩之期月，……仁和龔自珍並記』，作爲所書三十三首詩作之跋（《龔自珍全集》第五三四頁，將此跋作爲龔氏自注，誤置於《已亥雜詩》第二七七首之後）。此外，在將第二四五首（《豆蔻芳温啓瓠犀》）詩尾自注移於該詩之前，作爲《寱詞》（即《已亥雜詩》第二四五首至二七一首——《金缸花爐月如煙》）小序時，文字也作了修改（『九月二十五日』改爲『已亥九秋』，『重到』之『到』改爲『過』，『十月』改爲『孟冬』，『醒時少也』下增『賦詩如干首』五字）。

【13】《東洲草堂文鈔》卷五。『張翰翁』即張琦（號翰風），『包慎翁』即包世臣（字慎伯），『魏默深』即魏源（字默深）。

【14】康有爲：《廣藝舟雙楫》卷一《尊碑》，見《康有爲全集》第一集，第四〇七頁。

【15】《三秋閣書畫録》撰成並印行於民國十七年（一九二八）。書中所著録的書畫作品，均爲其本人所藏。該書卷下第六十四頁所著録的《清龔定庵手書夢（應爲『寱』——筆者）詞卷》，即《龔定庵自寫詩卷》。

【16】倫明《辛亥以來藏書紀事詩》（外二種）》，見倫明等《辛亥以來藏書紀事詩・六一》，北京燕山出版社一九九九年版，第五十九頁。

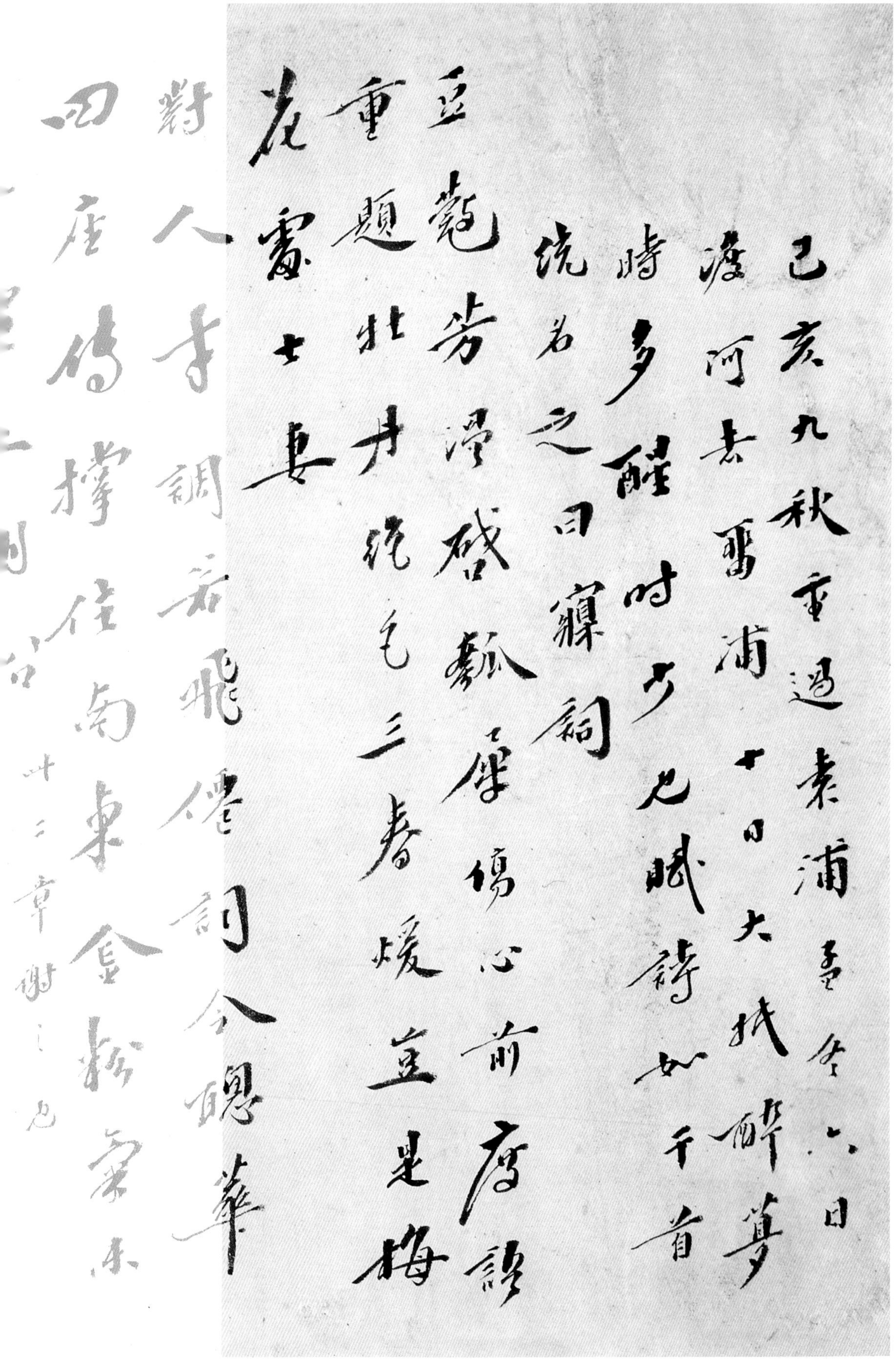
己亥九秋重過袁浦十月六日
渡河去留浦十日大抵醉夢
時多醒時少也賦詩若干首
統名之曰寱詞
豆蔻芳溫啓瓠犀傷心前度語
重題牡丹絕色三春暖豈是梅
花處士妻
對人手謂君飛僊詞人聰華
四座傳撐住南東金粉氣來
廿二章謝之也

◎ 釋文

己亥九秋重過袁浦，孟冬六日渡河去。留浦十日，大抵醉夢時多，醒時少也，賦詩如干首，統名之曰《寱詞》〔一〕。

豆蔻芳温啓瓠犀〔二〕，傷心前度語重題〔三〕。牡丹絶色三春煖，豈是梅花處士妻〔四〕。

◎ 註釋

〔一〕寱詞：在睡夢裏説出來的話。寱：同囈。玄應《一切經音義》：『寱語，出《廣百論》。《通俗文》：夢語謂之寱。』《五燈會元》十：『雲門問僧甚處來？曰：江西來。門曰：江西一隊老宿，寱語住也未？僧無對。』

〔二〕豆蔻：比喻少女，這裏指靈蕭。杜牧《贈别》詩：『娉娉裊裊十三餘，豆蔻梢頭二月初。』《本草綱目》：『草豆蔻：蘇頌曰：領南皆有之，苗如蘆，葉似山姜、杜若，根似高良姜，二月間開花，作穗房，生於莖下，嫩葉卷之而生，初如芙蓉，花微紅，穗頭深紅色，其葉漸廣，花漸出而色漸淡，亦有黄白色者。』瓠犀：瓠瓜的子。《詩·衛風·碩人》：『齒如瓠犀。』瓠：葫蘆科植物，果爲長橢圓形，供食用。瓠子方正潔白，排列整齊，所以用瓠犀比喻牙齒。

〔三〕語重題：上一次作者同靈蕭見面時，靈蕭曾提出爲她脱藉的問題，這一回她又提出來。

〔四〕『牡丹』兩句：靈蕭就像絶色的牡丹，繁華富麗，盛開在春煖之時，豈能成爲梅花處士的妻子？梅花處士：即林逋，宋代隱士。這裏作者借以自比。

在處士妻
對人手調君飛僊詞今聽華
四座傳撐住南東金谿家來
須料理五湖船　廿二章謝之也
鶴皆天風墮片言能蘇萬古腐
花魂征衫不漬乃帶淚以是
奇生未報恩
小詩精澈歷耳目況吟珠玉篇
如象一毫心上還磨明鏡

◎釋文

對人才調若飛僊，詞令聰華四座傳〔一〕。撑住南東金粉氣，未須料理五湖船〔二〕。（此二章，謝之也〔三〕。）

鶴背天風墮片言〔四〕，能蘇萬古落花魂〔五〕。征衫不漬尋常淚，此是平生未報恩。

◎註釋

〔一〕詞令聰華：口才伶俐又富於華采。《北史·高熲傳》：『熲少明敏，有器局，略涉文史，尤善詞令。』

〔二〕『撑住』兩句：你應該支撑住東南地區的繁華氣象，還没有到了像西施追隨范蠡歸隱五湖的時候。金粉：形容繁華綺麗。吴偉業《殘畫》詩：『六朝金粉地。』孔尚任《桃花扇·聽稗》：『學金粉南朝模樣。』五湖船：春秋時，越國大夫范蠡在功成以後，同西施坐着鴟夷（船名）到五湖隱居。見《越絶書》。戎昱《秋日感懷》詩：『日下未馳千里足，天涯徒泛五湖舟。』

〔三〕謝之：謝絶她提出的要求。

〔四〕鶴背：謂騎鶴的僊人。這裏比喻靈蕭。唐求《題劉煉師歸山》詩：『風急雲輕鶴背寒。』

〔五〕落花魂：作者曾以落紅自比，見己亥雜詩第五首『落紅不是無情物』。此則比喻自己的寂寞情懷。

苍生未都恩

小钟精神瀝瀝圓況吟珠玉滿

如泉一番心上温磨過明鏡

明朝定少年

日須讀霽始晉龍絳蠟味香

粥一尊姉妹偶花催送香

尚粘羅章不關門

十時抱子壓屋籠次第真見

掐到令誰分江湖抢筶後小

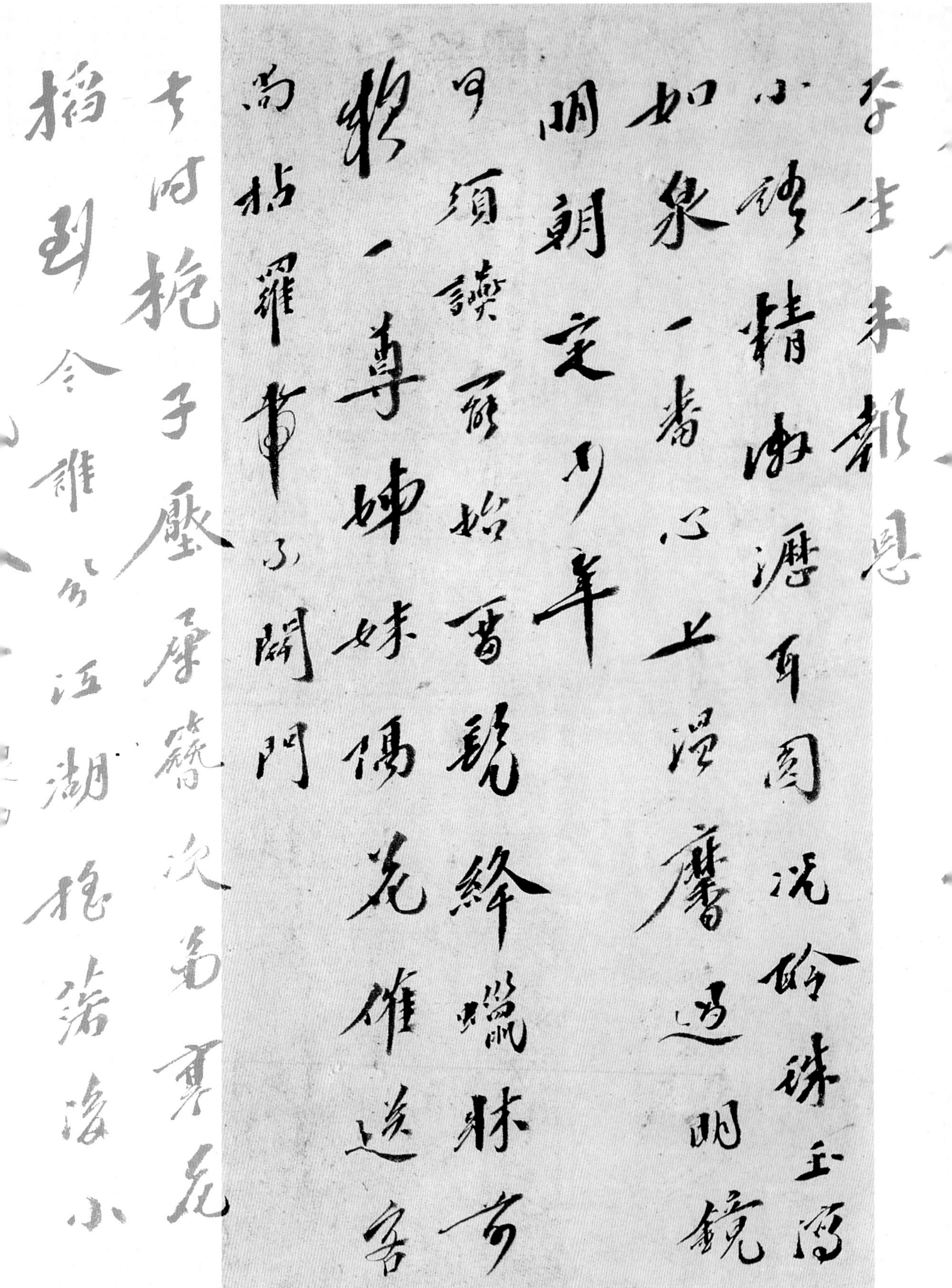

◎釋文

小語精微瀝耳圓〔一〕，况聆珠玉瀉如泉〔二〕。一番心上温馨過〔三〕，明鏡明朝定少年。何須謙罷始留髡〔四〕，絳蠟牀前款一尊〔五〕。姊妹隔花催送客，尚拈羅帶不開門。

◎註釋

〔一〕小語：細語。唐裴思謙《及第後宿平康里》詩：『小語偷聲賀玉郎。』精微：《吕氏春秋·博誌》：『用志如此其精也』注『精：微密也。』《文選·登徒子好色賦》：『口多微辭。』李善注：『微，妙也。』瀝：形容泉水聲。于武陵《早春日山居寄城郭知己》詩：『入户風泉聲瀝瀝。』

〔二〕珠玉：形容聲音好聽。白居易《琵琶行》：『大珠小珠落玉盤。』

〔三〕温馨：温煖芳香。皮日休《金鸂鶒》詩：『温馨飄出麝臍香。』馨：古音奴魂切，香氣。

〔四〕留髡：留下特别親密的客人。《史記·淳于髡傳》：『日暮酒闌，合尊促坐，男女同席，履舄交錯，杯盤狼藉，堂上燭滅，主人留髡而送客。』

〔五〕款：款留，招待。

尚拈羅帶了闌門
十時抱子壓層霄次第寒花
摘到今離分江湖抱落後小
屏紅燭試冬心 是夕立冬
聲唯霜實劈庭榴紅似相思綠似人
愁今夕霧飛何用子上清齋設
記心頭
風雲材畧已消磨廿肆莊老已伺眼
波為恩劉郎英氣盡捲蘆梳洗
看黃河

釋文

去時梔子壓犀簪〔一〕，次第寒花掐到今〔二〕。誰分江湖搖落後，小屏紅燭話冬心〔三〕。（是夕立冬〔四〕）

盤堆霜實擘庭榴〔五〕，紅似相思綠似愁〔六〕。今夕靈飛何甲子〔七〕，上清齋設記心頭〔八〕。

註釋

〔一〕梔子：茜草科常綠灌木，又名白蟾、木丹越桃。花六出，夏月開，色白，有濃烈香氣。犀簪：犀角制成的髮簪。

〔二〕『次第』句：從梔子花開以後，已經過了幾種花的季節，如今是摘到寒天開的花了。掐：摘下來。

〔三〕『誰分』兩句：誰想到天寒水冷之後，我們又在小屏風旁邊，點起紅蠟燭，彼此抒述着冬日的情懷。江湖搖落：杜甫《蒹葭》詩：『江湖搖落後，亦恐歲蹉跎。』指天氣寒冷，草木凋謝。話冬心：談心的意思。加『冬』字點明時令。

〔四〕是夕立冬：道光十九年（一八三九）立冬在農歷十月初三日，即公歷十一月八日。作者上次離開清江浦時則是農歷五月十二日。

〔五〕『盤堆』句：盤子裏堆着經霜的果實和擘裂的石榴。霜實：韋應物《答鄭騎曹青橘絕句》：『書後欲題三百顆，洞庭須待滿林霜。』庭榴：江總《衡州九日》詩：『園菊抱黃花，庭榴剖朱實。』

〔六〕『紅似』句：果實的紅色象徵相思，綠色象徵哀愁。

〔七〕『今夕』句：今晚在道家的經典中算是什么日辰呢？靈飛：道教經典中有《上清靈飛六甲真文經》。又《漢武內傳》『伏見扶廣山青真小童，受《六甲靈飛》於太甲中元君，凡十二事。』甲子：指日辰。

〔八〕『上清』句：剛好是上清的節日，她不曾忘記設齋拜祀。《雲笈七籤》卷三七《齋戒》：『上清齋有二法：一、絕群獨宴，靜氣遺形，清壇肅侶，依太真儀格。一、心齋，謂疏瀹其心，澡雪精神。』

記心頭

風雲材器已消磨甘隸妝臺伺眼

波為恐劉郎英氣盡卷簾梳洗

看黃河

玉樹堅牢不病身恥為嬌喘與輕

顰天花那用鈴旛護活色生

香五百春

◎釋文

風雲材略已消磨〔一〕，甘隸妝臺伺眼波〔二〕。爲恐劉郎英氣盡〔三〕，捲簾梳洗看黄河〔四〕。

玉樹堅牢不病身〔五〕，恥爲嬌喘與輕顰〔六〕。天花那用鈴旛護〔七〕，活色生香五百春〔八〕。

◎註釋

〔一〕風雲材略：叱咤風雲的才能謀略。《三國誌·賈詡傳》註：『指麾可以振風雲，叱咤足以興雷電。』

〔二〕伺眼波：看眼色行事，等於説伺候。眼波：韓偓《席上有贈》詩：『小雁斜侵眉柳去，媚霞横接眼波來。』

〔三〕劉郎：作者自指。英氣：姜夔《翠樓吟》詞：『仗酒祓清愁，花銷英氣。』作者有『酒祓清愁花銷英氣』印，丁龍泓刻。

〔四〕黄河：黄河自金明昌五年决口後，分兩支出海，明弘治以後全部南流，經江蘇奪淮河故道出海，直至清咸豐五年再向北徙。在北徙之前，黄河流經清江浦之北，與運河交會。因此在清江浦登樓北望，便可以看到黄河。

〔五〕玉樹堅牢：比擬靈旛。《最勝王經》：『大地神女名堅牢。』堅牢又是娑羅樹的别稱。《止觀論》釋娑羅樹云：『娑羅，西音，此名堅牢。堅之名，稱樹德也。』

〔六〕嬌喘輕顰：李商隱《獨居有懷》詩：『怨魂迷恐斷，嬌喘細疑沉。』元好問《紀子正杏園燕集》詩：『陽和入骨春思動，欲語不語時輕顰。』

〔七〕天花：這裏是比擬靈旛。鈴旛：保護花的兩種事物。《開元天寶遺事》載：寧王李憲爲了保護園中的花，特别裝置銅鈴，用以驚走鳥雀。鄭還古《博異誌》載：唐士子崔元徽遇見幾位少女，要求他製一面朱旛，上畫七曜，立在園中。朱旛立了以後，那天起了狂風，樹木拔倒，花却安然無恙。

〔八〕活色生香：生動的顏色，鮮活的香氣。薛能《杏花》詩：『活色生香第一流。』

者五百春
眉痕英絕語諼諼指撝小婢帶
韜略幸汝生逢清晏時不然
劍底桃花落
鳳泊鸞飄別有愁三生花草夢
蘇州兒家門巷斜陽改輸與
船娘住虎邱
一自天鐘第一流年來花草冷
蘇州兒家心緒無人見他日

◎釋文

眉痕英絶語謖謖〔一〕，指撝小婢帶韜略〔二〕。幸汝生逢清晏時〔三〕，不然劍底桃花落〔四〕。

鳳泊鸞飄別有愁〔五〕，三生花草夢蘇州〔六〕。兒家門巷斜陽改〔七〕，輸與船孃住虎邱〔八〕。

◎註釋

〔一〕眉痕英絶：眉宇之間表現出不凡的氣概。周邦彦《蝶戀花》詞：『愁入眉痕添秀美，無限柔情，分付西流水。』梁簡文帝《答湘東王書》：『文章未墜，必有英絶領袖之者。』謖謖：形容勁利。《世説·賞譽》：『世目李元禮，謖謖如勁松下風。』

〔二〕韜略：行軍作戰的謀略。

〔三〕清晏時：太平無事的時世。《拾遺記》：『河清海晏，至聖之君以爲瑞。』

〔四〕劍底桃花落：作者的前一輩詩人舒位《重題項王墓》詩有句云：『美人一劍花初落。』指虞姬自刎。作者認爲靈簫的性格頗似虞姬。

〔五〕『鳳泊』句：這樣美好的人却處在不幸的環境中，真不是一般的愁苦。韓愈《岣嶁山》詩：『科斗拳身薤倒披，鸞飄鳳泊拏虎螭。』韓詩是形容岣嶁山的神禹碑文，這裏是指靈簫的不幸淪落。

〔六〕『三生』句：靈簫也許前生是蘇州的花草，因此在夢中也看見蘇州。按，靈簫是蘇州（今江蘇吴縣）人。三生：佛家語，指前生、今生、來生。

〔七〕『兒家』句：暗指靈簫原是良家少女，後來淪落爲娼，又從蘇州移居到清江浦。兒家：女子自稱之辭，歐陽炯《木蘭花》詞：『兒家夫婿心容易，身又不來書不寄。』斜陽改：劉禹錫《烏衣巷》詩：『朱雀橋邊野草花，烏衣巷口夕陽斜。』

〔八〕『輸與』句：現在她還及不上船家婦女，可以在虎邱山居住。

船孃住本邨
一自天鍾第一流，年來花草冷
蘇州。變兒家心緒無人見，他日
蘿香要本邨。
難憑肉眼測天人，我是優曇不現
身。似遣相逢嫌五濁，不然離
作地仙論。
雲英似小景光新，畧似驂鸞
縹緲身。一瓣爲師齊斂手，只

◎釋文

一自天鐘第一流〔一〕，年來花草冷蘇州〔二〕。兒家心緒無人見，他日埋香要虎邱〔三〕。

難憑肉眼測天人〔四〕，或是優曇示現身〔五〕。故遣相逢當五濁〔六〕，不然誰信上僊淪〔七〕。

◎註釋

〔一〕天鐘：上天賦予的。薛能《桃花》詩：『秀氣自天鐘，千年豈易逢。』第一流：第一等人物。《世説．品藻》：『桓大司馬問真長：聞會稽王（按，梁簡文帝）語奇進，爾耶？劉曰：極進，然故是第二流中人耳。桓曰：第一流復是誰？劉曰：正是我輩耳。』這是拿聲譽高下爲準。戴叔倫《長門怨》詩：『自憶專房寵，曾居第一流。』這是拿受寵高下爲準。陸游《送施武子通判》詩：『邁往欣逢第一流。』這是拿人品高下爲準。作者這裏所謂『第一流』，則徑指靈簫。

〔二〕『年來』句：意謂由於第一流的人物（靈簫）離開蘇州而寓居清江浦，蘇州富商巨賈又很少，所以蘇州花草便顯得冷落。花草：借指歌兒舞女之類。

〔三〕埋香：指埋葬年青的女性。吴文英《鶯啼序》詞：『瘞玉埋香，幾番風雨。』按，虎邱劍池旁有唐代名妓真孃墓。

〔四〕『難憑』句：自己是肉眼凡胎，不能看出她是天人下凡。《翻譯名義集》卷六：『大論釋云：肉眼見近不見遠，見前不見後，見外不見内，見晝不見夜，見上不見下。以此礙故求天眼。』

〔五〕『或是』句：也許她是佛國的優曇鉢花轉生的。優曇：即無花果樹，佛經譯作優曇鉢或優曇波羅。這種植物的花通常生在囊狀總花托内，不易看見。《法華經》：『如優曇鉢花，時一現耳。』又認爲優曇鉢開花是瑞應。《法華經》：『優曇鉢花三千年一見，見則金輪出世。』示現：佛家語。佛在人間化成另一種人物，稱爲示現身。

〔六〕『故遣』句：因此派遣她同自己相逢，抵當自己身上的五濁。五濁：佛教認爲世上有五種濁惡，即衆生濁、見濁、煩惱濁、命濁、劫濁。

〔七〕上僊淪：喻靈簫如天上僊女淪謫人間。李商隱《重過聖女祠》詩：『白石岩扉碧蘚滋，上清淪謫得歸遲。』

行上仙倫

雲英似小景光新景水聲鸞

縹緲身一隨呂師齊歙子只

容心裏貯韶春

醒狂公酯六不餘傾何解图六不醒

我儀破碣目右例肯句衆儔側

耳聽

收拾風花儻舄詩凌晨坐一條

思勸來王於長生訣要報金闕

國士知

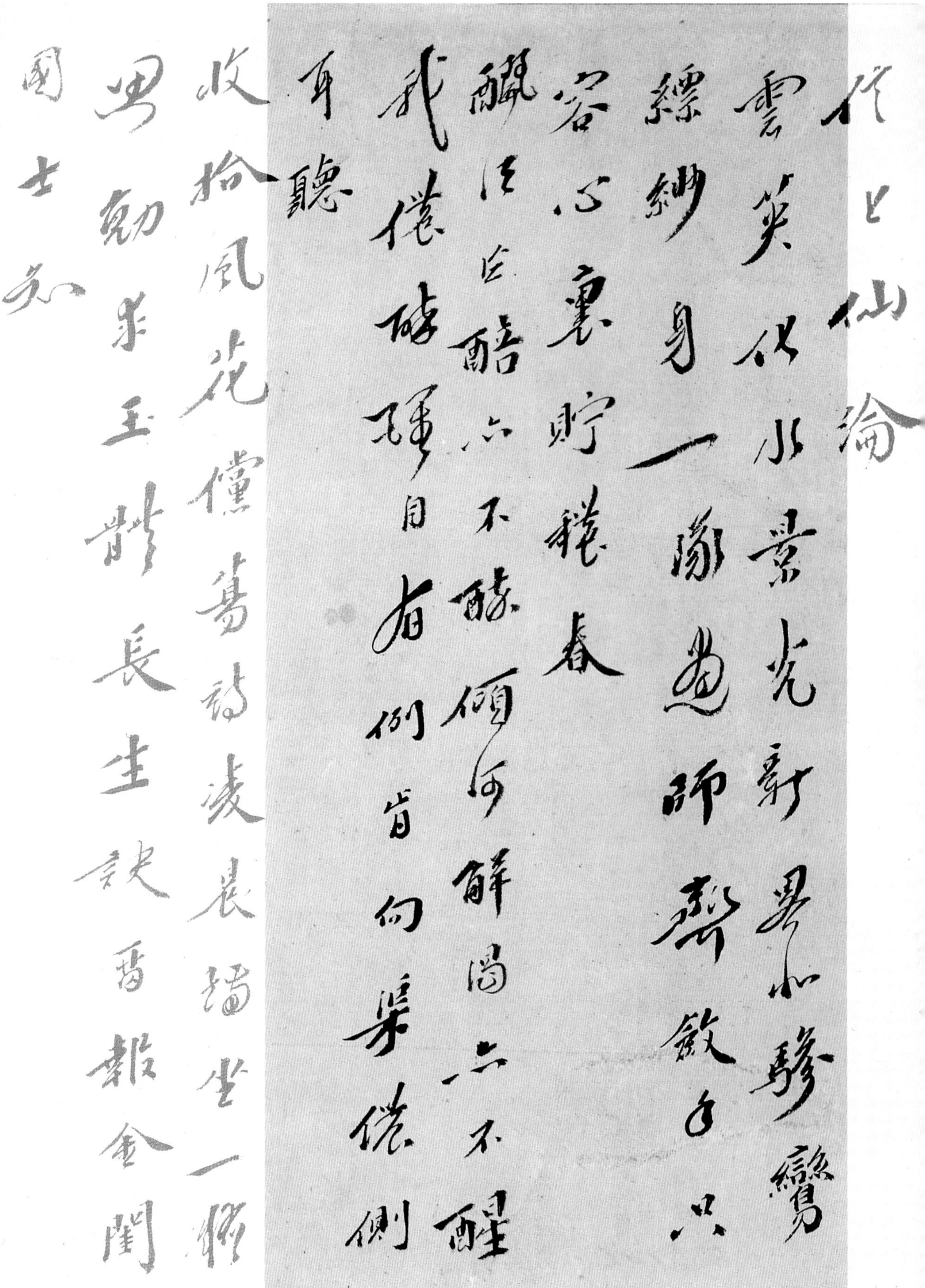

◎ 釋文

雲英化水景光新〔一〕，略似驂鸞縹緲身〔二〕。一隊畫師齊斂手，祇容心裏貯穠春〔三〕。

釃江作醅亦不醉〔四〕，傾河解渴亦不醒。我儂醉醒自有例〔五〕，肯向渠儂側耳聽〔六〕。

◎ 註釋

〔一〕雲英：唐代小説人名。《太平廣記》引裴硎《傳奇》，説唐代秀才裴航，路經藍橋驛，口渴求飲，一個老婆婆喚雲英拿水來，就看見簾子下伸出一雙潔白的手，捧着瓷甌，裴航喝完水，掀起簾子，看見一個非常漂亮的姑孃，就是雲英。化：募化。

〔二〕驂鸞：指僊女騎鸞。驂：乘駕。江淹《雜擬》詩：『紈扇如團月，出自機中素。畫作秦王女，乘鸞向煙霧。』縹緲：木華《海賦》：『群僊縹緲，餐玉清涯。』

〔三〕『一隊』兩句：一班畫家對着她不能下筆，因爲筆下無法重現她的美麗，她的美麗只能讓人藏在心裏。穠春：指美好的情韵。

〔四〕『釃江』句：讓江水變成酒把它喝干，我也不會醉。釃：把酒裏的渣滓濾清。醅：未濾過的酒。

〔五〕『我儂』句：我的醒或醉都有自己的規律。

〔六〕『肯向』句：我怎肯側着耳朵聽别人來勸告。按，這是作者在對待靈簫的事情上表現了倔强的態度。

耳聽

收拾風花儘屬詩凌晨擕坐一樽

思勉采玉瞥長生訣晉報金閨

國士知

繞色呼他心來安品題天女本

來離梅鬼蜀影商量適忍

上人間花下飛

匡紺家原婿翔君司香逵姑胥知

文華傾詞我山中事可肯花

澗領右軍

◎釋文

收拾風花儻蕩詩〔一〕，淩晨端坐一凝思。勉求玉體長生訣，留報金閨國士知〔二〕。

絕色呼他心未安，品題天女本來難〔三〕。梅魂菊影商量遍，忍作人間花草看〔四〕。

◎註釋

〔一〕『收拾』句：還是把描寫花月風情、抒述狂放情懷的詩收起來吧。這裏是暗指其他花月冶游的行爲。風花：喬吉《金錢記》劇三：『本是些風花雪月，都做了笞仗徒流。』指情愛之事。儻蕩：狂放不羈。《漢書·史丹傳》：『貌若儻蕩不備，然心甚謹密。』

〔二〕『勉求』兩句：我打算努力尋求保重身體延年長壽的秘訣，留來報答這位閨中國士的知遇之恩。玉體：寶貴的身體。男女可用，這裏是作者指自己。《後漢書·桓榮傳》：『願君慎疾加餐，重愛玉體。』長生訣：長壽的方法。許渾《學僊》詩：『欲求不死長生訣。』金閨：婦女閨閣的美稱。盧綸《七夕》詩：『何事金閨子，空傳得網絲？』國士：舉國共推的才士。《史記·淮陰侯傳》：『諸將易得耳。至如信者，國士無雙。』

〔三〕『絕色』兩句：稱靈簫是絕色美人嗎？心裏總覺得不那麼穩妥。評定一位天女的品格本來就是一件難事。絕色：王嘉《拾遺記》：『（孫亮）嘗與愛姬四人，皆振古絕色……坐屏風內。』品題：評定高下，給出名目。李白《上韓荊州書》：『一經品題，便作佳士。』

〔四〕『梅魂』兩句：我想過用『梅魂』，也想過用『菊影』，自己同自己商量過許多名目，都認爲不夠完滿。我怎忍心將她看成是人間的花花草草呢！梅魂菊影：梅花和菊花的精神意態。謝寶書《姚江詩録》引《西莊詩話》：『江左詩人近以梅魂、蘭心、菊影、竹聲爲課虛四咏，一時作者不下百十家。』

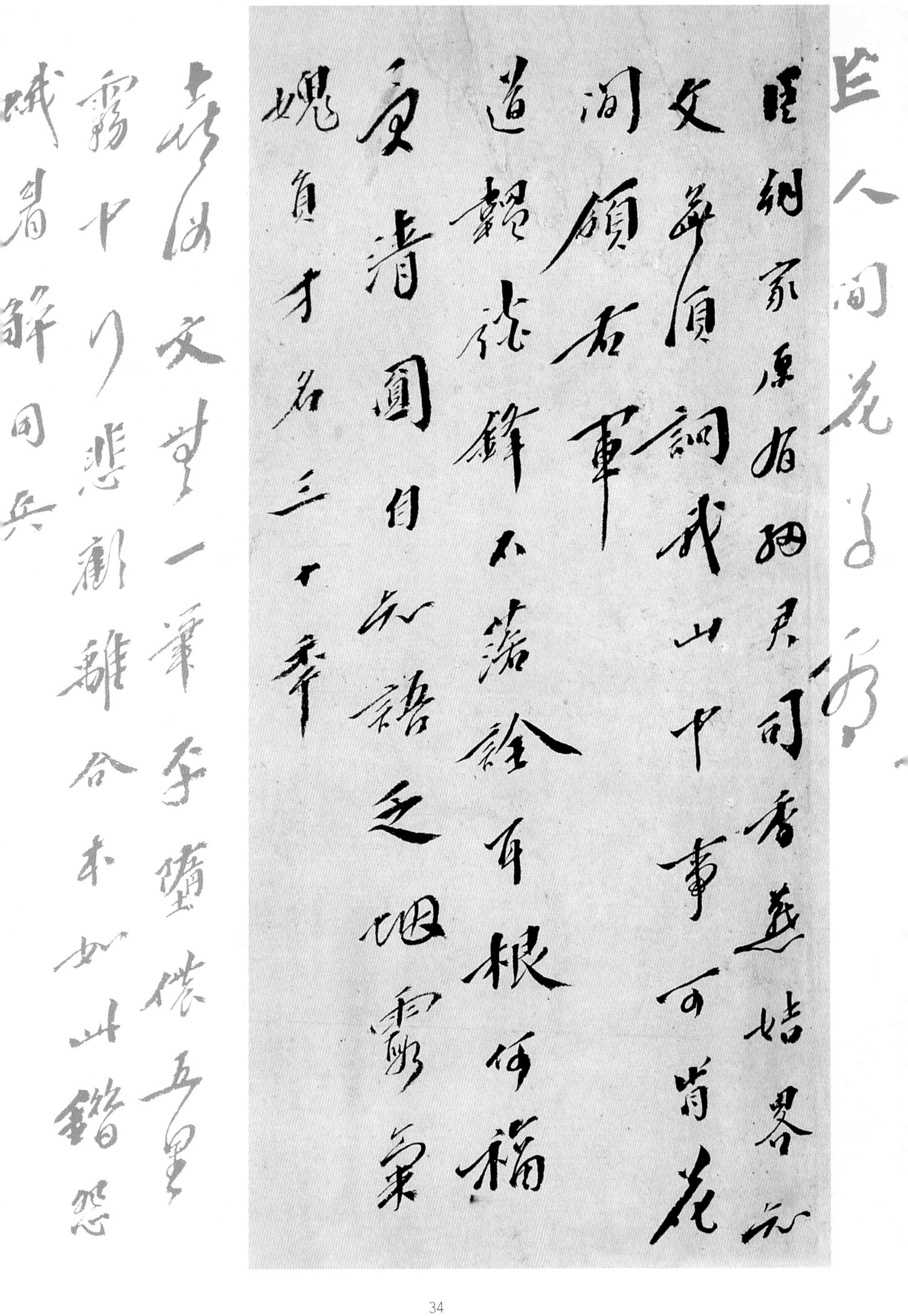
臣紹家原婚姻君司香燕結習云
文華負詞我山中事可肖花
間領右軍
道韞說錄不落詮年根何福
更清圓自知諸之烟霞氣
愧負才名三十年

◎釋文

臣朔家原有細君〔一〕，司香燕姞略知文〔二〕。無須詗我山中事〔三〕，可肯花間領右軍〔四〕。

道韞談鋒不落詮〔五〕，耳根何福受清圓〔六〕。自知語乏煙霞氣〔七〕，媿負才名三十年〔八〕。

◎註釋

〔一〕臣朔：即東方朔。這裏是作者自指。《漢書·東方朔傳》：『歸遺細君，又何仁也！』註：『細君，朔妻之名。』後人因以細君指妻子。

〔二〕燕姞：春秋時鄭文公的姬妾，這裏借指侍妾。

〔三〕詗：刺探。《漢書·淮南王安傳》：『多予金錢，爲中詗長安。』山中：指作者隱居的地方。

〔四〕右軍：古代軍事組織，有中軍、左軍、右軍之分。《左傳·桓公五年》：『王爲中軍，虢公林父將右軍，周公黑肩將左軍。』這裏的『右軍』指姬妾身份。

〔五〕道韞：謝道韞，東晉謝奕的女兒，王凝之的妻子，聰明才辨，神情散朗。有一次，她的小叔子王獻之同客人辯論，快要理屈詞窮，她拿步障遮蔽，出來同客人辯論，客人無法折服她。見《晉書·王凝之妻謝氏傳》。談鋒：議論的鋒芒。佛教禪宗有所謂『機鋒語』。不落詮：不落言詮的省略。即講話不落痕跡，不讓人家拿住把柄。玄應《一切經音義》十引《淮南子註》：『詮言者，謂譬類人事相解喻也。』嚴羽《滄浪詩話》：『不涉理路，不落言詮者，上也。』

〔六〕耳根：佛家稱聽覺器官爲耳根。清圓：形容講話聲音清朗圓潤。

〔七〕煙霞氣：山水清潤的氣息。蘇軾《贈詩僧道通》詩：『語帶煙霞從古少，氣含蔬筍到君無。』

〔八〕三十年：作者自嘉慶十五年庚午中副榜貢生，至道光十九年己亥，恰三十年。

媿負才名三十年

老以文章一筆李瓚倭五里

霧中川悲劇離合未如此錯怨

賊看解圍兵

美一才地太瓊蟻前六陰符消

腹中分日籭摧秋練鄉長天

飛去一征鴻

寺馬銜來是鯉魚自識綃履

請過卑六朝文體皆微適

那有蕭嬛謝罪書

◎ 釋文

喜汝文無一筆平〔一〕，墮儂五里霧中行〔二〕。悲歡離合本如此，錯怨蛾眉解用兵〔三〕。美人才地太玲瓏〔四〕，我亦陰符滿腹中〔五〕。今日簾旌秋縹緲〔六〕，長天飛去一征鴻〔七〕。

◎ 註釋

〔一〕『喜汝』句：你表現出來的態度，就像寫文章那樣，没有一筆是平鋪直叙的。指靈簫對作者的態度曲折變化，使人難測。

〔二〕『墮儂』句：你把我推到五里霧中，令我昏頭轉向，找不到能走的路。五里霧：東漢人張楷，傳説他能作五里霧。《初學記》卷二引謝承《後漢書》：『張楷字公超，性好道術，能作五里霧。』後人常用『如墮五里霧中』比擬對某些事情迷惑不解。

〔三〕『悲歡』兩句：大抵人生的悲歡離合就該是這樣的吧，我倒是錯怪了女子也懂得用兵之術。用兵：指靈簫對作者玩弄手段。

〔四〕才地：原指才能地位。《晉書·鄭默傳》：『默謙虚温謹，不以才地矜物。』這裏作爲才能稟賦解。玲瓏：空靈而不可捉摸。

〔五〕陰符：古兵書名。《雲笈七籤》卷一百《軒轅本紀》：『玄女教（軒轅）帝三官秘略、五音權謀、陰陽之術。玄女傳《陰符經》三百言。帝觀之十旬，討伏蚩尤。』《隋書·經籍誌》有《周書陰符》九卷，入兵家類，今未見傳本。

〔六〕簾旌：簾子挂起來好像旌旗。李商隱《正月崇讓宅》詩：『蝙拂簾旌終展轉，鼠翻窗網小驚猜。』

〔七〕『長天』句：指自己不辭而去。蘇軾《送劉道原歸覲南康》詩：『朝來告别驚何速？歸意已逐征鴻翔。』

按：靈簫和作者鬧了一些别扭，這一回作者故意不辭而别。詩中的『太玲瓏』，顯然含有貶意；『陰符滿腹』，作者又頗爲自負。

青鳥銜來雙鯉魚自緘紅展
請迴車六朝文體肎徵適
那有蕭孃謝罪書
電笑何妨自一回但逢玉女謫
方來東王萬八千歲春為
鄰投壽之萬村

◎釋文

青鳥銜來雙鯉魚〔一〕，自緘紅淚請迴車〔二〕。六朝文體閒徵遍，那有蕭孃謝罪書〔三〕。

電笑何妨再一回〔四〕，忽逢玉女諫書來〔五〕。東王萬八千驍盡〔六〕，爲報投壺乏箭材〔七〕。

◎註釋

〔一〕『青鳥』句：靈簫托人給我捎來一封信。青鳥：比喻使者。《漢武故事》：『七月七日，忽有青鳥飛集殿前。東方朔曰：此西王母來。有頃，王母至，三青鳥夾侍王母旁。』雙鯉魚：書信。古詩：『客從遠方來，遺我雙鯉魚。呼童烹鯉魚，中有尺素書。』

〔二〕『自緘』句：靈簫在信中向我道歉，請我回去。迴車：《史記·鄒陽傳》：『邑號朝歌，墨子回車。』《古詩十九首》：『回車駕言邁。』

〔三〕『六朝』兩句：意謂風塵女子寫信認罪是找不到例子的。蕭孃：唐詩中常稱一般女子爲蕭孃。徐凝《憶揚州》詩：『蕭孃臉下難勝淚，桃葉眉頭易得愁。』

〔四〕電笑：《神異經》：『東荒山中有大石室，東王公居焉。恒與一玉女投壺，每投千二百矯，矯出而脱誤不接者，天爲之笑。』註：『言笑者，天口流火炤灼，今天上不雨而有電光，是天笑也。』『電笑』『投壺』代指賭博。

〔五〕玉女：相傳華山上有神女，名明星玉女。借指靈簫。曹唐《游僊詩》（其九十二）：『北斗西風吹白榆，穆公相笑夜投壺。花前玉女來相問，賭得青龍許贖無？』諫書：寫信勸諫。指靈簫勸他不要賭博。《詩·大雅·民勞》：『王欲玉女（汝），是用大諫。』

〔六〕驍：《西京雜記》：『武帝時，郭舍人善投壺。激矢令還，一矢百餘返，謂之爲驍。』這裏借作賭博的籌碼解。『驍盡』是説賭輸了。

〔七〕箭材：這裏比喻賭博的本錢。按，扶輪社本及王文濡校本此詩下注云：『此定公負博進而作也。魏蓄室云。』所謂『負博進』，就是賭輸了錢。語出《漢書·陳遵傳》。

又按：作者的朋友周儀暐也有詩談及龔氏好賭博。有《三月七日偕子廣出都憶都中雜事録以紀實》詩，其七云：『嗤他陽向術非工，古意沉酣射覆中。何必樗蒲須擔石，神僊妙手本空空。』

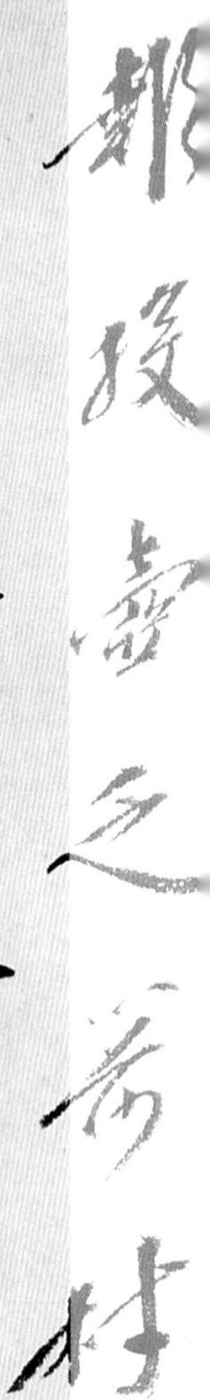

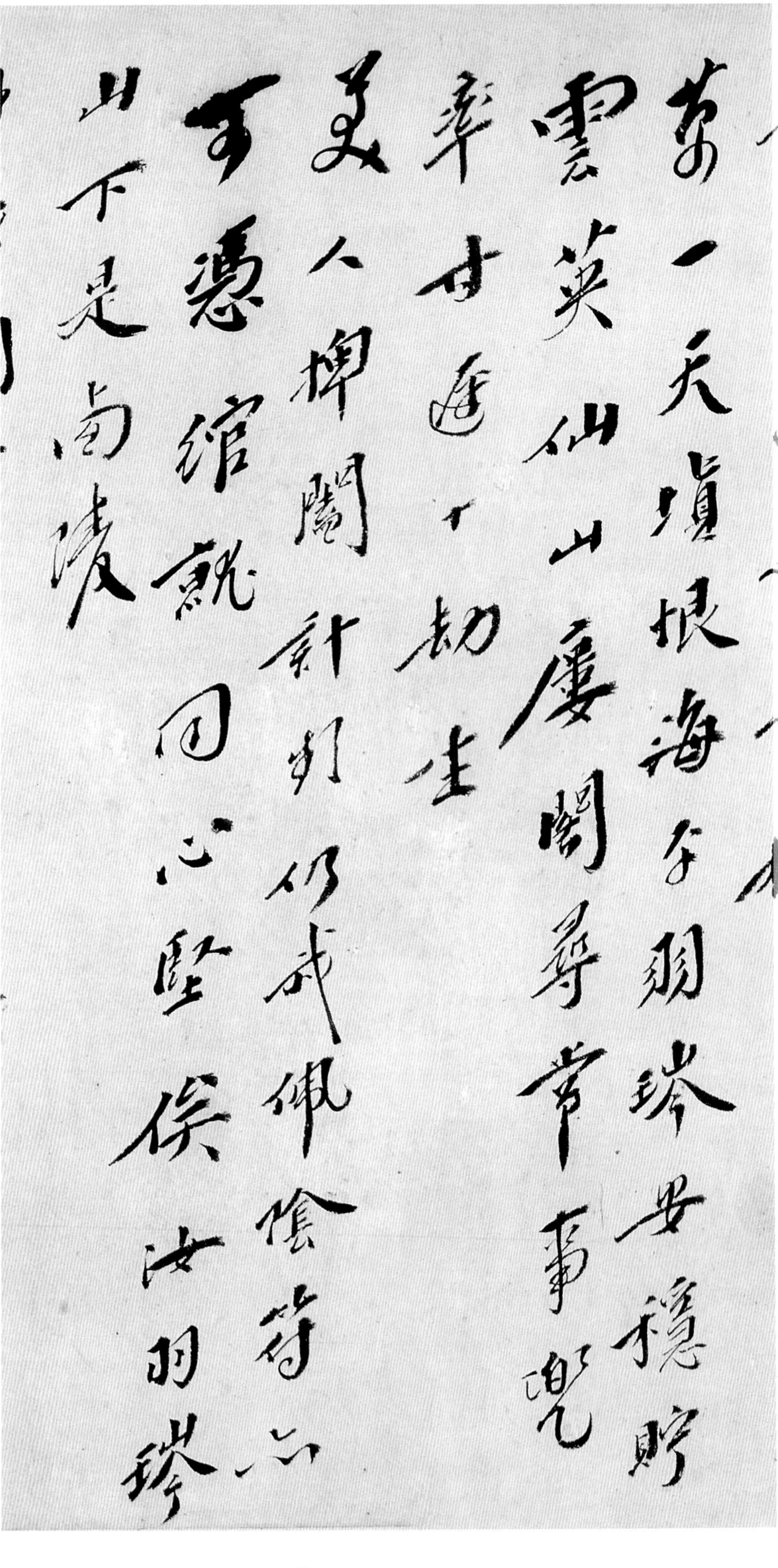
茫一天涯根海外羽琤安穩貯
雲英仙山屢閣尋常事覺
辛甘遍遍劫生
美人捭闔計則仍成佩喻荷六
可憑綰熟同心堅俟汝羽琤
山下是南陵

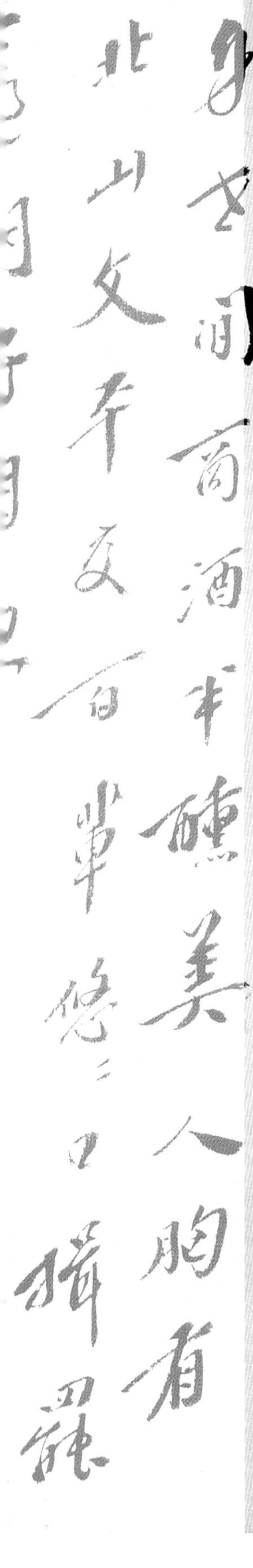

◎ 釋文

萬一天填恨海平，羽琌安穩貯雲英〔一〕。僊山樓閣尋常事，兜率甘遲十劫生〔二〕。
美人捭闔計頻仍〔三〕，我佩陰符亦可憑〔四〕。綰就同心堅俟汝〔五〕，羽琌山下是西陵〔六〕。

◎ 註釋

〔一〕『萬一』兩句：如果老天爺填平恨海，讓我能够同靈簫結合姻緣，我便把靈簫安置在羽琌山館。恨海：積恨成海。通常指男女雙方不能結合。

〔二〕『僊山』兩句：什么海上僊山、瑶樓貝闕，對我來説都平常得很，我寧可推遲十劫才投生到兜率宫去。僊山樓閣：白居易《長恨歌》：『忽聞海上有僊山，山在虚無縹緲間。樓閣玲瓏五雲起，其中綽約多僊子。』兜率：佛經認爲兜率陀天是預備成佛的地方。《法華經》：『若持不殺，不盗，不邪淫，不妄語、兩舌、惡口、綺語，得生兜率陀天。』蔣維喬《中國佛教史》卷二：『兜率往生云者，爲上生兜率天，而俟彌勒之下生，受其化導，以冀成佛之謂。蓋彌勒菩薩繼釋迦下生此娑婆世界，而以濟度衆生爲事者也。』十劫：《阿彌陀經》『阿彌陀佛成佛已來，於今十劫，彼佛有無量無邊聲聞弟子，皆阿羅漢。』

〔三〕『美人』句：她拿出種種開合變化的手段來。捭闔：古代縱横家用語，指用言語打動人的技巧。《鬼穀子》：『捭之者開也，言也，陽也。闔之者閉也，默也，陰也。』又説：『此天地陰陽之道，而説人之法也。』意思是在勸説别人的時候，要看情勢，或説或不説，反復進行試探。後來蘇秦、張儀把它發展成爲縱横捭闔之術。頻仍：一再重復。

〔四〕『我佩』句：我身上佩有陰符也是可靠的。

〔五〕綰：編結。同心：古人拿錦帶結成連環回文，稱爲同心結，表示相愛。

〔六〕西陵：明田汝成《西湖游覽誌餘》卷十六：『蘇小小者，錢唐名娼也。蓋南齊時人。其墓或云湖曲或云江干。古詞云：「妾乘油碧車，郎跨青驄馬。何處結同心，西陵松柏下。」今西陵乃在錢唐江之西，則云江干者近是也。』這裏借指男女定情、結同心之處。

山下是歸路

手把酒罇醺美人胸有
北山又在百事悠悠獵罷
遙期將相勳

金缸花嫿月女焰空猶秋閨一
夜眠都不慣成來送我違卿去
木蘭船　龐國刊□□

未齊湲為心縹渺百了
好吟引夕陽山外山古今誰瓦餘
情號□□□□□□□

魚書道十題樓一首

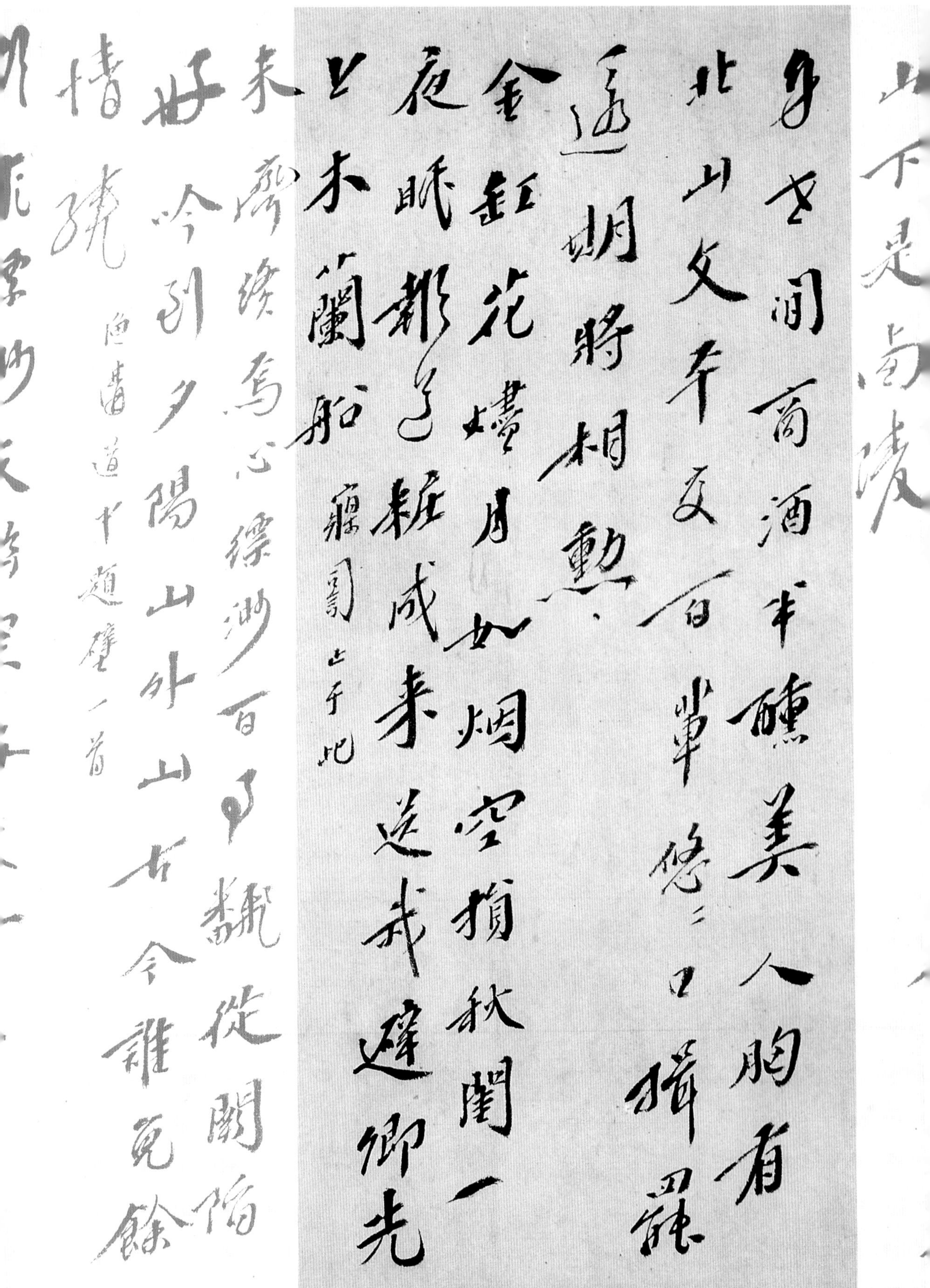

◎ 釋文

身世閒商酒半醺，美人胸有北山文〔一〕。平交百輩悠悠口，揖罷還期將相動〔二〕。

金釭花燼月如煙〔三〕，空損秋閨一夜眠。報道妝成來送我，避卿先上木蘭船〔四〕。（寫詞止於此）

◎ 註釋

〔一〕北山文：即孔稚珪《北山移文》，諷刺一個出山追求祿仕的猥瑣之徒。作者認爲靈簫也抱有孔稚珪那樣的思想。

〔二〕『平交』兩句：在數以百計的平生交游中，盡是説些無聊的話；相見作揖以後，就恭維你封侯拜相，真是庸俗不堪。悠悠口：《晉書．王導傳》：『悠悠之談，宜絶智者之口。』將相動：建立將相功業。

〔三〕金釭：古代照明用的燈盞，或用銅製，稱爲金釭。花燼：燈花變成灰燼。

〔四〕『報道』兩句：聽説她妝扮完了就來給我送行。爲了避開她，我先上船了。木蘭船：船的美稱。《述異記》：『七里洲中，有魯班刻木蘭爲船，舟至今在洲中。詩云木蘭船，出於此。』南朝梁劉孝威《采蓮曲》：『金槳木蘭船，戲采江南蓮。』

來齊繞鳥心繚渺百了飄從闊陌
好吟到夕陽山外山古今誰免餘
情繞 漁溝道中題壁一首
非求繚渺反幽深悔殺前番拂更
心雜學冥鴻不回首長天飛過
又遺音 漁溝道中奉寄一首

◎釋文

未濟終焉心縹緲〔一〕，百事翻從闕陷好〔二〕。吟到夕陽山外山〔三〕，古今誰免餘情繞。（漁溝道中題壁一首〔四〕）

欲求縹緲反幽深，悔殺前番拂袖心〔五〕。難學冥鴻不回首，長天飛過又遺音〔六〕。（漁溝道中奉寄一首）

◎註釋

〔一〕『未濟』句：我和靈簫的談判破裂，正如《易卦》以『未濟』終結，心情於是變得空虛飄忽。未濟：《周易》最後一卦，卦形是坎下離上，卦象是火在水上，表示無濟於事。《易序卦傳》：『物不可窮也，故受之以未濟終焉。』

〔二〕闕陷：同缺陷。

〔三〕夕陽山外山：宋戴復古《世事》詩：『春水渡旁渡，夕陽山外山。』按，作者雖然套用五個字，心中所想的，毋寧是下面這樣幾句：『四圍山色中，一鞭殘照裏。遍人間煩惱填胸臆，量這些大小車兒如何載得起？』（王實甫《西廂記·別宴》）

〔四〕漁溝：江蘇清河縣（今清江市）西北一個鎮，是當時的交通站，離清江浦三十五里。

〔五〕『欲求』兩句：我本想把自己的心情變成空虛，想不到反而變得深沉。如今真是後悔前次拂袖而行的鹵莽舉動。

〔六〕『難學』兩句：暗指又寫了一首詩寄給靈簫。冥鴻：遠天的鴻雁。揚雄《法言》：『鴻飛冥冥，弋人何篡焉？』遺音：《易·小過》：『飛鳥遺之音，不宜上，宜下。』

又遺音 漁墉老中奉寄一首

一長天飛過

明知此浦定重過其奈尊前百感何亦是今生未曾有滿襟清淚渡黃河

君思釋自奉寄一首

危業名山幾年成更有方法遣今生從茲拜佛燒香罷整頓全神注定鄉

少年雖亦薄湯武不薄秦皇與武皇

設想英雄垂暮日溫柔不住住何鄉

恒河集又題壁兩首

問歷天花侵身為誰定

釋文

明知此浦定重過〔一〕，其奈尊前百感何〔二〕。亦是今生未曾有，滿襟清淚渡黃河〔三〕。（衆興驛再奉寄一首〔四〕）

絶業名山幸早成〔五〕，更何方法遣今生。從兹禮佛燒香罷，整頓全神注定卿〔六〕。

註釋

〔一〕此浦：指清江浦。作者到北京接眷南還時，必再經清江浦，故有此語。

〔二〕百感：《太平廣記》卷五十《裴航》：『夫人後使裊煙持詩一章曰：一飲瓊漿百感生，玄霜擣盡見雲英。藍橋便是神僊窟，何必崎嶇上玉京？』作者『百感』疑從此出。

〔三〕渡黃河：作者由清江浦出發，此時已在黃河北岸。

〔四〕衆興：江蘇泗陽縣最大市集。嘉慶《清一統志》：『衆興集在桃源縣北，中河北岸，爲水陸必由之道。《河防考》：桃源縣北岸主簿、桃源河營守備俱駐扎衆興集，修防黃河北岸。』按，『藍橋便是神僊窟，何必崎嶇上玉京？』與作者此日情況，恰正相似。『滿襟清淚渡黃河。』良有以也。

〔五〕絶業名山：超絶的著述稱爲絶業。把著述收藏起來稱爲藏之名山。《漢書·司馬遷傳》：『惟漢繼五帝末流，接三代絶業。』《史記·太史公自序》：『厥協六經異傳，整齊百家雜語，藏之名山，副在京師，俟後世聖人君子。』後人因稱著述爲名山事業。

〔六〕卿：這裏指靈簫。

注定卿
少年雖亦薄湯武不薄秦皇與武皇
設想英雄垂暮日溫柔不住住
何鄉 順河集又題壁兩首
閱歷天花悟後身為誰出定
亦前因一燈古店齋心坐不似
雲屏夢裏人 順河道中自奉寄一首

右此詩已期月寅庚子九月
也何游秣陵小住青谿一曲
蕭寺中晨寒持志心無

◎釋文

少年雖亦薄湯武〔一〕，不薄秦皇與武皇。設想英雄垂暮日〔二〕，温柔不住住何鄉。（順河集又題壁兩首〔三〕）

閱歷天花悟後身〔四〕，爲誰出定亦前因〔五〕。一燈古店齋心坐〔六〕，不似雲屏夢裏人〔七〕。（順河道中再奉寄一首）

◎註釋

〔一〕湯：商朝第一代帝王，滅了夏桀取得天下。武：周武王，周朝第一代帝王，滅了商紂取得天下。因爲西晉嵇康已有『又每非湯武而薄周孔』的話，所以句中用了『亦』字。

〔二〕垂暮日：漢成帝寵幸趙飛燕姊妹，曾説要終老於温柔鄉。見《飛燕外傳》。

〔三〕順河集：與宿遷縣城隔運河相對，是當時的交通大站。

〔四〕『閱歷』句：同天花打過一番交道以後，我已是覺悟過來的人。

〔五〕『爲誰』句：爲什么從入定狀態中又出定？這大抵是前生因緣吧。出定：佛家語。佛徒將心定息，不言不動，謂之入定；從入定狀態恢復日常狀態，謂之出定。《觀無量壽經》：『出定入定，恒聞妙法，行者所聞，出定之時，憶持不舍。』作者把他同靈簫一段關係比作出定，即不能收心斂性。

〔六〕齋心：收心斂性。《易·系辭》注：『洗心曰齋。』

〔七〕雲屏：繪有雲彩或用雲母嵌成的屏風，宮廷或富貴人家的陳設物。李商隱《龍池》詩：『龍池賜酒敞雲屏，羯鼓聲高衆樂停。』

右此詩之期月實庚子九月
也偶游秣陵小住青谿一曲
蕭寺中歲寒特甚客心無
可比似
于壁以素氣手奈書書竟忽覺
春回肺腑擲筆買舟回吳
門矣　仁和龍白積辭記

山朱石梅所
贈瑶田印
附記

◎ 釋文

作此詩之期月，實庚子九月也。偶游秣陵〔一〕小住，青谿一曲，蕭寺中荒寒特甚，客心無可比似。

子堅以素紙來索書，書竟，忽覺春回肺腑，擲筆拏舟回吴門矣〔二〕。

仁和龔自珍並記。

（名後鈐白文『羽琌山人』、『龍驤將軍長史』兩方印，第二印下有題記『此朱石梅〔三〕所贈晉印附記』）

◎ 註釋

〔一〕秣陵：今南京。

〔二〕回吴門：就是到蘇州去替靈簫脱籍。這是道光二十年九月後的事。作者《上清真人碑書後》文末有『姑蘇女士阿箾（同簫）侍』七字亦可爲證。

又按：孫麟趾《月坡詞》有《定庵將歸，托寄家書，賦此送别，調金縷曲》，中云『名士高僧何足算？有傾城解珮成知己，題絶句，緑窗裏。（自注：謂阿蕭校書）』此詞寫於庚子年秋。

〔三〕朱石梅：李玉棻《甌鉢羅室書畫過目考》卷三：『朱堅，字石梅，浙江山陰人。工鑒賞、畫梅，創造錫壺砂裏，精鎸刻，堪繼諸家砂壺之美。著《壺史》。』

龔定庵書人間無復第
二本逸氣橫出而跌宕不檢
如其為人也余童歲深喜定
庵詩其集過半成誦輓近
頗厭之矣此三十三首者自是
集中瑰艷英多之作彼所謂
可以怡魂而澤顏也
乙卯歲夏新會梁啟超

◎ 釋文

龔定庵書，人間恐無復第二本。逸氣橫出而跌宕不檢，如其爲人也。余蚤歲深喜定庵詩，其集過半成誦，晚近頗厭之矣。此三十三首者，自是集中瑰艷英多之作，彼所謂可以怡魂而澤顏也。

乙卯盛夏，新會梁啓超。

璱人詩文有奇丑其采踏踔在作者為子裁雜詩
滕破裁字詞亦以新事小著摩詰篇為佳故是善云
見知者全集為其手錄發後散佚刻本乃從輾轉
傳鈔而來至今遂流謬字甚惜之此卷自雪洪化
想見當年訂纂時也吾友周印昆得之湘中示我
於都門蓮花寺囑亦以跋語相屬強而後可書竟輒
為惘懷

乙卯七月既望閩侯林長民題

瑟人詩文有奇思，其采黯黮。在作者爲别裁雜詩勝破戒草詞，亦以彰事小奢摩諸篇爲佳，故是善言兒女者。全集爲其手録，瑟後散佚，刻本乃從輾轉傳鈔而來，至今遂流訛字，學者惜之。此卷自寫諸作，想見當年訂稾時也。吾友周印昆得之湘中，示我於都門蓮花寺，初不以跋語相屬，强而後可，書竟猶爲懊憹！

乙卯七月既望，閩侯林長民題。

定盦窺詞作於己亥此卷書於庚子五期
月者乃期年之謀庚子爲道光二十年定盦
四十九歲實逝世之前一年也吳昌綬撰定盦
年譜云是年八月至蘇州旋之金陵游秦淮
復移寓城北四松庵深山幽絕人跡罕至此
卷當是寓四松庵時所書也定盦舉進士年
三十八其後殿上三試三不及格不得入翰林

皆因不得能楷書故嘗云余不好學書不得志於今之宦海蹉跎一生退而自訟作干祿新書定盦草草莫效瞑眩一世豈真以之干祿特籍此以寓悲慨耳今觀定盦書實不能與俗所謂館閣體者比正由其才氣橫厲難拘繩墨然其之調句歌不謬風雅亦自

有高致佳公為此卷題記時年四十五今下
世三十五年矣佳公之生上距定盦歿三十
有一年兩人者並以學術文章震撼當世
為後生所景慕穀孫道兄網羅文獻
乃得此卷信可寶也
乙巳歲暑靜農時在臺灣

定庵《寱詞》作於己亥，此卷書於庚子，云期月者乃期年之誤。庚子爲道光二十年，定庵四十九歲，實逝世之前一年也。吴昌綬撰《定庵年譜》云：是年八月至蘇州，旋之金陵，游秦淮，復移寓城北四松庵。溪山幽絶，人跡罕至，此卷當是寓四松庵時所書也。定庵舉進士年三十八，其後殿上三試三不及格，不得入翰林，皆因不能楷書故，嘗云：余不好學書，不得志於今之宦海，蹉跎一生。退而自訟，作《干禄新書》。定庵卓犖英多，睥睨一世，豈真以之干禄，特藉此以寄悲慨耳！今觀定庵書，實不能與俗所謂館閣體者比，正由其才氣横厲，難拘繩墨，然楚調自歌，不謬風雅，亦自有高致。任公爲此卷題記時年四十五，今下世三十五年矣，任公之生上距定庵歿三十有一年，兩人者並以學術文章震撼當世，爲後生所景慕。穀孫道兄網羅文獻，乃得此卷，信可寶也！

乙巳盛暑，静農時在臺灣。

清賢龔自珍先生是我國十九世紀前半葉開
風氣之先的啟蒙思想家和文學家生平著述宏富
初日致力金石文字之學和善書法著稱於時接交阮芸
臺吳荷屋徐星伯包安吳六舟和尚何子貞諸勝流
詩文題詠極一時之盛龔氏文筆高譽名藉甚重於當
代藝林固毋庸待言也顧科舉時代取士重楷書宣庵

事耳有清一代名士不能作小楷者而湮沒終生何可勝

數寶菴昌學名盛雅負群望庸人俗見未論尚不足以

動搖其清望者先生墨迹雖殘篇斷簡久已視同拱

璧求書者不絕而能得長篇巨幅者尠此手卷可定

爲道光二十年七月游秣陵應友人周詒樸之請所寫

舊時與靈簫無情組詩之釋同爲龔氏遺墨中之長

篇巨製原本手卷長二七二厘米高三三厘米首尾完好

篇目製另本手卷長二七二厘米高三三厘米首尾完好

堪稱真精而絕品乃極罕見之行艸書劉墉也通篇筆
法從晉唐賢中來字形結體奇古美妙大小字錯落
排比得體讀之有天真煥發之靈動美感才縱橫
盈羅然字裡行間真乃大手筆之美文非斤斤於
字形點畫美丑追逐利祿者所可同日而語者
李雪松先生精研金石書畫雅好收藏常出重值易

釋文

清賢龔自珍先生是我國十九世紀前半葉開風氣之先的啓蒙思想家和文學家，生平著述宏富，初以致力金石文字之學和善書法著稱於時。接交阮芸臺、吴荷屋、徐星伯、包安吴、六舟和尚、何子貞諸勝流，詩文題詠極一時之盛。龔氏文筆高華，名聲重於當代藝林，固毋庸待言也。顧科舉時代，取士重楷書，定庵不善亦不爲館閣體書，斷難得優差高就，亦情理中事耳。有清一代名士不能作小楷書而湮没終生，何可勝數！定庵以學名盛，雅孚群望，庸人俗見未論尚不足以動摇其清望者。先生墨跡雖殘篇斷簡久已視同拱璧，求書者不絶，而能得長篇巨幅者尠。此手卷爲定庵道光二十年九月游秣陵，應友人周詒樸之請，抒寫舊時與靈簫戀情組詩之《寱詞》，爲龔氏遺墨中之長篇巨製。紙本手卷長二七二厘米，高三三厘米，首尾完好，堪稱真、精、新絶品，乃極罕見之行草書劇跡也！通篇筆法從晉唐賢中來，字形結體奇古美妙，大小字錯落排比得體，讀之有天真煥發之靈動美感，才華横溢躍然字裡行間，真乃大手筆之美文，非斤斤於字形點畫美丑、追逐利禄者所可同日而語者！

李雪松先生精研金石書畫，雅好收藏，前出重值易此定庵法書卷，予因爲李先生賀，亦深爲定公法物得以長留天地間而欣忭也！

甲申秋日，王貴忱拜觀，並謹題於廣州可居室。

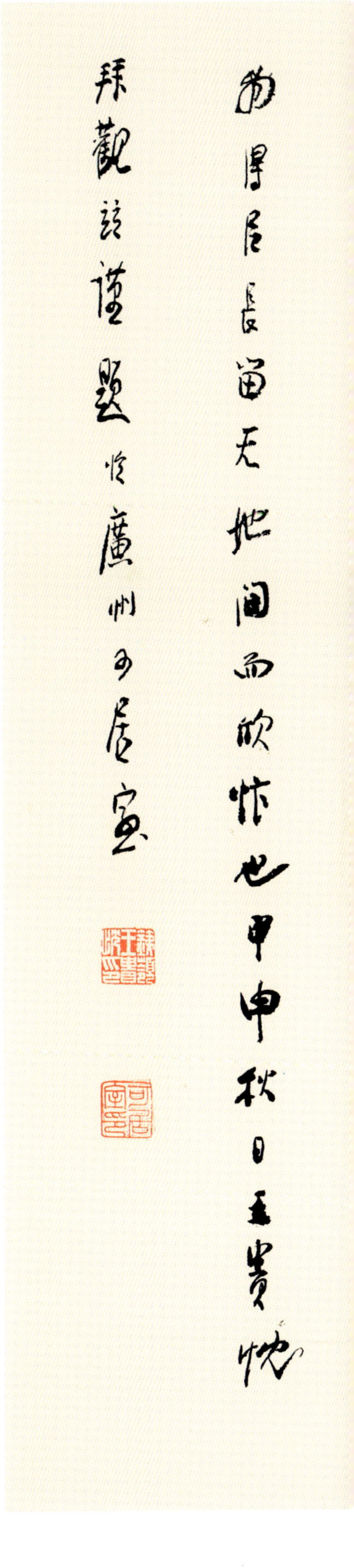

◎乾隆五十七年（1792）一歲

七月初五日，生於杭州東城馬坡巷。

◎嘉慶八年（1803）十二歲

外祖父段玉裁授以許慎《説文解字》部目。

◎嘉慶九年（1804）十三歲

作《辯知覺》，又作《水僊花賦》。

◎嘉慶十二年（1807）十六歲

讀《四庫全書總目提要》，始爲目録之學。

◎嘉慶十三年（1808）十七歲

入國子監肄業，師事蔣祥墀。

◎嘉慶十五年（1810）十九歲

八月，應順天鄉試，九月放榜，中式第二十八名副貢生。同年，父麗正爲之取名『自珍』。始倚聲填詞。

◎嘉慶十六年（1811）二十歲

正月初一日，外祖父段玉裁爲其取表字愛吾。

◎嘉慶十七年（1812）二十一歲

考充武英殿校録，始爲校讎之學。

四月，在蘇州與舅父段騖之女美貞完婚。

時外祖父段玉裁索觀所作詩文詞，已成《懷人館詞》三卷、《紅禪詞》一卷，段玉裁爲作《懷人館詞序》。

◎嘉慶十八年（1813）二十二歲

七月初五日，妻段美貞卒於徽州府署。

八月，應順天鄉試，未中。

◎嘉慶二十年（1815）二十四歲

娶何裕均之從女何吉雲爲繼室。

◎嘉慶二十二年（1817）二十六歲

九月二十七日，長子橙生於蘇松太兵備道署中。

◎嘉慶二十三年（1818）二十七歲

八月應浙江鄉試，九月放榜，中式本省第四名舉人。

◎嘉慶二十四年（1819）二十八歲

二月二十三日，次子陶生。
三月應會試，四月會試放榜，落第。
從劉逢祿受《公羊春秋》。

◎嘉慶二十五年（1820）二十九歲

三月應會試，四月放榜，仍落第。
筮仕，捐職內閣中書。

◎道光元年（1821）三十歲

至京，在內閣行走。

◎道光二年（1822）三十一歲

三月應會試，閏三月放榜，仍落第。

◎道光三年（1823）三十二歲

三月，因叔父守正任會試同考官，故未應會試。
六月，編成《定盦初集》十九卷。僅自刻《定盦文集》三卷、《定盦餘集・附少作》（文）一卷、《定盦別集》四卷。
七月初一日，母段馴卒。
九月初旬，返抵上海父親官署。

◎道光六年（1826）三十五歲

春，入京。
三月應會試，四月放榜，與魏源均落第，劉逢祿作《題浙江、湖南遺卷詩》，龔魏齊名，肇始於此。

◎道光七年（1827）三十六歲

《破戒草》一卷、《破戒草之餘》一卷約刻於此時。

◎道光九年（1829）三十八歲

三月應會試，四月初十日放榜，中式第九十五名貢士。
四月二十五日傳臚，中殿試三甲第十九名。殿上三試，楷法不及格，不得入翰林。
五月初七日，被命以知縣用，呈請仍回內閣中書任。

◎道光十四年（1834）四十三歲

四月，考試差未入選。

◎道光十五年（1835）四十四歲

三月前，已陞任宗人府主事。

◎ 道光十七年（1837）四十六歲

三月由宗人府主事改禮部主事，祠祭司行走。前此，曾充玉牒館纂修官，草創章程未完。

四月補主客司主事，仍兼祠祭司行走。

◎ 道光十八年（1838）四十七歲

四月初一日，與友人同游崇效寺。時擬辭官南歸。

四月二十一日前，應何紹基所請，爲其手書文稿六篇以爲紀念，有跋，四月二十二日又補書一篇，又有跋。

七月，作《會稽茶》詩，决意明年離京返鄉。

九月末，因叔父守正署禮部尚書，被諭令迴避。

◎ 道光十九年（1839）四十八歲

四月二十三日離京南下。

五月，到清江浦，識靈簫，有詩。

六月，在鎮江作《九州生氣恃風雷》詩。

九月二十五日，重到清江浦，十月初六日，渡河北去。十日內所作詩，統名《寱詞》。

自四月二十三迄十二月二十六日，作詩三百十五首，統題《己亥雜詩》。

◎ 道光二十年（1840）四十九歲

九月，游江寧，小住於青溪某寺，又曾住四松庵。手書《己亥雜詩》三十三首，贈周詒樸，有跋（是爲本卷）。

◎ 道光二十一年（1841）五十歲

已就丹陽雲陽書院講席。

閏三月初五日，父麗正卒於杭州。

八月十二日，以疾暴卒於丹陽縣縣署。

龔定庵自寫詩卷傳承考

——李雪松

龔定庵於清道光二十年庚子手書《己亥雜詩》之《寱詞》等三十三首長卷贈周詒樸，是爲本卷。周詒樸，字子堅，湖南湘潭人氏。周姓，湖南望族。子堅爲周系英第三子，清晚期重臣陶澍婿，曾官江蘇海州鹽場大使。有《寄東居士集》行世。其父周系英有傳見於光緒《湘潭縣志》，該書卷八之四《列傳》周系英條略記周詒樸其人：『（周）詒樸……，流寓江南，多見通人，工書能詩，不徇時俗。妻父陶澍督兩江，爲入資得鹽庫大使，不官亦不歸。咸豐中，……司板浦場，卒於海州。』

據文物出版社一九九五年出版《小莽蒼蒼齋藏清代學者法書選集》第一〇四件《何紹基書杭州雜詩軸》，此軸由何氏手書自作古、近體詩十一首，費時十五刻（七個半小時），未容間歇，一氣呵成。在紹基書法作品中，至爲難得，其上款亦爲題贈：『子堅』。《小莽蒼蒼齋藏清代學者法書選集》選編者亦考證『子堅』，周姓。此『子堅』與《龔定庵自寫詩卷》題贈之『子堅』爲同一人，確指湖南湘潭人氏周詒樸，如此方合《湘潭縣志》所述：『多見通人』。『通人』中當有其時以詩、文名世的龔、何兩人，應能推想，周子堅與兩人私交匪淺，故能屢屢獲贈此等長篇巨製。

本卷卷尾有梁啓超、林長民兩氏跋文，梁跋時間爲乙卯盛夏（一九一五年），其時手卷已歸周印昆所有，林跋更指稱周印昆此卷得於『湘中』。緣此可知，周詒樸身後，此卷應一直存留於湖南湘潭周氏故鄉。何時落入同鄉周印昆之手，其時自當在一九一五年七月之前。周大烈（一八六二——一九三四），字印昆，湖南湘潭人，室名『夕紅樓』，其祖父爲左宗棠妻弟。清末曾任吉林民政廳廳長，民國初年當選國會衆議員，後任直隸張家口稅務署監督。通詩詞，工書法，特與陳三立相友善，爲陳衡恪之文學教師。周印昆嗜鑒賞、喜碑帖，與京師文林、畫壇諸多名流均有過從，著名者如：姚華、金城、胡適、梁啓超、黄節、余紹宋、齊白石、胡佩衡等。其女周俟松（教育家），其婿爲名作家許地山。

民國十七年（一九二八）廣西蒼梧人氏關冕鈞【1】

印行自藏書畫目録《三秋閣書畫録》，龔氏此卷赫然在目。關冕鈞爲清末民初書畫收藏名家，此卷傳入其手，應直接得自周大烈氏，時間自然在《三秋閣書畫録》行世的一九二八年之前。關氏收藏書畫從不在藏品本幅上題跋或鈐印，是其特點，所以本卷上並未見關氏藏章或題記。

民國二十年（一九三一）中華書局影印《龔定庵詩文真跡三種》，其中又有此卷，而版權頁標明的收藏者却變成了蔣穀孫【2】。蔣穀孫是『密韻樓』主人、收藏家蔣汝藻之子，子承父業，所藏多是非凡之品。一九四九年前往臺灣，留臺期間請好友臺静農題跋一過，這是本卷第三跋的由來。上世紀七十年代蔣氏去世，此卷失却主人庇護，顛沛流離，無所依存。所幸天佑寶物，定庵不泯，本世紀之初，重返大陸，歸於多文閣主人。

民國二十年，本卷舊主人關冕鈞尚在人世，多文閣主人推測本卷當爲蔣氏求購於關冕鈞本人，而後者慨然相讓，方是合情合理的解釋，但推論終屬推論，而非結論。二〇〇六年多文閣主人與關冕鈞直系後裔關美華女士的一次閒談，清晰與堅定的支持了這一推論。關女士隨後提供了其父關祖章親筆記録的賬册，於本手卷欄目下以英文標注：已售。

至此，此卷自定庵一八四〇年手書後，至二〇〇一年重返大陸，入藏北京『多文閣』止，共歷時一百六十一年。其間手手相傳，命運多舛，變遷之跌宕，漂移之曲折，豈是龔氏當時所能逆料？

註：

【1】：關冕鈞，字伯衡，廣西蒼梧人，室名『三秋閣』。光緒二十年（一八九四）進士，授翰林院編修，光緒三十年甲辰科會試同考官。歷任京張鐵路會辦、總辦，京綏鐵路總辦，考察各國憲政大臣二等參贊。民國後爲約法會議議員。一九一七年九月任梧州關監督，兼北京政府外交部特派廣西交涉員，同年被選爲臨時參議院議員。一九二〇年後，歷任殺虎口税務監督，塞北税務監督，山西鹽運使。精鑒賞，著有《三秋閣書畫録》。其子關祖章亦爲著名收藏家。

【2】：蔣穀孫，名祖詒，浙江吴興人，室名『思適齋』。蔣汝藻子，素喜藏書，通鑒别。一九四九年前移居臺灣，並將其父所剩部分秘籍及《傳書堂善本書目》共携，一同前往。後任臺灣大學教授。一九七四年去世後，所藏古籍書畫等珍貴文物頗多流散於世。

後記

《己亥雜詩》三百一十五首，集大成之製。除『古今雄偉非常之端，往往創於書生憂患之所得』諸多政論詩篇，特有十一之强三十九首，衹爲青樓女靈蕭一人抒懷，實『下筆清深不自持』真性情流淌。定庵道光十九年五月十二日，於『人士流寓之多，賓客筵宴之樂，除廣東、漢口外，雖吴門亦不逮。』之江蘇清江浦（袁浦）初逢靈蕭，欣悦無加，喜動情懷，視爲平生僅遇。極願此段佳話，流芳千古，有詩三首紀之，第二首三、四句寫『青史他年煩點染，定公四紀遇靈蕭。』，鄭而重之，頗懼其事史册不載。八月料理崑山『羽琌』別墅之暇，亦有詩三首，苦思靈蕭，其二『靈蕭合貯此靈山，意思精微窈窕間。邱壑無雙人地稱，我無拙筆到眉彎。』，其三『此是春秋據亂作，昇平太平視松竹。何以功成文致之，携蕭飛上羽琌閣。』，念兹在兹，無非靈蕭一人而已。英雄暮年，寄情佳人，確有『携子之手』歸隱山林之思。九月十五日重行北上，再過清江浦，又會靈蕭，至有《寱詞》三十三首出。

定庵自題：『己亥九秋，重過袁浦，孟冬六日渡河去，大抵醉夢時多，醒時少也，賦詩如干首，統名之曰：《寱詞》。』寱，囈也。寱詞，夢中語也。北宋晏幾道有『夢魂慣得無拘檢，又踏楊花過謝橋。』句，夫子程伊川贊嘆：『鬼語也』，意頗賞之。幾垂八百年，後有此《寱詞》相類之作。己亥際，自珍留京無計，蒼涼南行，遠離廟堂戒律、脱身仕途羈羈，旅次中於袁浦地遇佳人靈蕭。駭其聰慧，羡其容顔，且追念自身『一簫一劍平生意，負盡狂名十五年。』夙志，更以『蕭』字暗合前世今生，遂推作『金閨國士』，引爲平生知己。杯盞交籌，酒有别腸。春風數度，感慨無垠。夢醒間錯，有感隨發。一日三作，泉思如涌。其作瑰麗無儔，罕有其匹。陸機《文賦》曰：『詩緣情而綺麗』，短短十日間所作《寱詞》，深情款款，自能當之。

定庵絶世才子，扶摇曠放，性情中人之俊傑。真情幻像，換影移形。天上人間，來去從容。亦真亦幻，隨性由情。縱然心有真情，亦不肯輕易直白。靈蕭名如其人，體態姣好，貌若天人，心機縝密，如『解語花』長開，且難得文彩風流，冠絶『秦、淮』。一夕與自珍『郎才女貌』偶遇，亦視爲佳偶天成，初訂『文字交』，後作『鸞鳳游』，再其後更有『百年計』之籌。佳人懷誠心『脫籍』，才子乏實意迎娶。《寱詞》三十三首以『婉拒』開篇，前兩首統稱『謝之』，謝絶語詞醒目，難免唐突佳侶，却也是定庵其時忐忑心境。姑引如左，第一首三、四句：『牡丹絶色三春煖，豈是梅花處士妻。』，第二首三、四句：『撑住南東金粉氣，未須料理五湖船。』。

但隨後多首，又極述兩人情重愛篤，如：『小語精微瀝耳圓，况聆珠玉瀉如泉。一番心上温馨過，明鏡明朝定少年。』；『玉樹堅牢不病身，恥爲嬌喘與輕顰。天花那用鈴旛護，活色生香五百春。』。再後諸詩更極贊靈蕭秀色驚人，如：『難憑肉眼測天人，或是優曇示現身。故遣相逢當五濁，不然誰信上僊淪。』；『雲英化水景光新，略似驂鸞縹渺身。一隊畫師齊斂手，祇容心裏貯穠春。』；『絶色呼他心未安，品題天女本來難。梅魂菊影商量遍，忍作人間花草看。』。半推半就，本自珍性情。深墜愛河，不能自持，仍是自珍性情。

夢醒時節終臨，別期在即。定庵情難自禁，百感交集，悲從中來。有詩如：『喜汝文無一筆平，墮儂五里霧中行。悲歡離合本如此，錯怨蛾眉解用兵。』；『美人才地太玲瓏，我亦陰符滿腹中。今日簾旌秋縹渺，長天飛去一征鴻。』。十日情盡，定庵雨夜悄然登船，匆匆離去，未敢直面佳人，不忍兩人持手涕別，『金缸花燼月如煙，空損秋閨一夜眠。報道妝成來送我，避卿先上木蘭船。』。此詩後，定庵自題：『《寱詞》止於此』。言止於此，但霍然分手，情何以堪，其後仍有六首題贈，思念、懊悔、惋惜情懷畢見：『未濟終焉心縹渺，百事翻從闕陷好。吟到夕陽山外山，古今誰免餘情繞。』。《寱詞》終篇：『閱歷天花悟後身，爲誰出定亦前因。一燈古店齋心坐，不似雲屏夢裏人。』，十日恩情，曲終人散。僊人渺去，何以釋然。二度劉郎，狐疑滿腹。祇落得『曲終人不見，江上數峰青。』下場。

《己亥雜詩》無所不包，或隱晦曲折，或驚世駭俗，或言不由衷，或秉筆直書。後世學者通人，譽、謗兩端，各有其憑。定庵料事機先，早作『不容兒輩妄談兵，鎮物何妨一矯情。』之句，但祈雙方平心立論，曲意切磋，以斆作者『兩種情懷俱可諒，陽秋貶筆未宜多。』至望。自珍素有『但開風氣不爲師』志向，平生未曾開館授徒，晚年雖厠身書院數月，也屬無奈應急之舉。但其人其事，感天動地；其行其論，摇動九州。雖自言無徒，但至今追隨者、愛慕者依然遍被天下，余亦景行行之。不解何緣，竟獲自珍手書《寱詞》三十三首長卷，驚寵有加，感涕無由。此物乃天下公器，深思再三，實不敢私秘自專，願效前賢嘉德惠行，付梓影印行世。正如定庵詩『且揭三千本，贈與人間存。』，使學人士者、中庸正道，仍得從容展觀，人手一卷，睹物思賢。有此物在，定庵方成『完人』，完整之人。

借此，深謝前廣東省詩詞學會會長劉先生逸生，先生畢生深愛定庵，自幼年始，以研讀其書爲己任，年過八旬，未嘗一日有歇，傾畢生心力融入《龔自珍編年詩註》（先此，先生已出版《龔自珍詩選》、《龔自珍己亥雜詩註》）。見此卷後，欣喜過望，非但有心親注一過，更慨然應允賜序，未成，而先生西歸，終成雪松一生之憾事。所幸劉先生有《己亥雜詩註》相贈，謹遵遺命，列於書內，可以解惑。又謝著名學者王貴忱先生作跋，王先生對定庵終身事，自有心得，藏定庵詩、文集各種版本居於首位，於《己亥雜詩》各篇了如指掌，且於定庵書法尤有卓識，雪松師也。中國社會科學院樊克政先生亦有諸多教誨，本書內『龔自珍年表』係節選自樊先生大著《龔自珍年譜考略》，而對『子堅』其人的確定，先生更是居功至偉，適忙於力作《龔自珍年譜考略》付梓之暇，專賜序文，又特請王元化先生另賜手書一件，附於書前，極添光彩。文物出版社蘇士澍社長、崔陟先生於本書出版過程中所給予的支持、寬容與理解尤令我難以忘懷。對以上諸先生的點撥指教，在此一並謝過！

李雪松

二〇〇八年三月於北京多文閣